藤咲

朽葉嶺《くちばみね》 美登里《みどり》
朽葉嶺《くちばみね》 亜希《あき》
朽葉嶺《くちばみね》 マヒル

朽葉嶺《くちばみね》　奈緒《なお》
朽葉嶺《くちばみね》　千紗都《ちさと》

死《し》図《ず》眼《め》のイタカ

死図眼のイタカ

杉井光

一迅社文庫

挿画　椎野唯
装丁　有限会社ファーガス

序章

仄暗い講堂に、ぴちゅ、くちゅ、という湿った音と、それに混じって幼い女の甘い声が響《ひび》いている。最奥《さいおう》の真ん中に設《しつら》えられた大きな講壇《こうだん》にほっそりと小さな身体が横たえられ、それに覆《おお》い被さるようにしてもう一つの人影がある。広い堂内に、他に人の気配はない。

「……教母、さ、まァ、……はうっ、っく」

幼い娘は、さらけ出した裸の肩をひくひくと震《ふる》わせ、身をよじった。

「力を抜いて。委《ゆだ》ねなさい。そう。……いい子」

教母は、美しく無機質な陶製《とうせい》の仮面のような顔をかすかに崩し、口もとに笑みを浮かべて言った。娘は陶然《とうぜん》として、教母の顔を見上げた。自分は祝福を与える儀式に呼ばれたはずなのに、今、いったいなにをされているのだろう。これが儀式なのだろうか。いつもは天使と見まがうほど優しい笑顔で信徒《しんと》と接している教母が、そのときは粘り気のある金属のような不気味な表情を浮かべていた。

「……あっ」

両腕を押さえつけられた。ブラウスの裾《すそ》を、教母が唇で剥《む》き上げる。娘は露出した下腹に、ねっとりとした口づけを感じた。

「……ひぃあんッ」

娘は思わず甲高《かんだか》い声を漏らし、腰を跳ねさせていた。肌の上を這《は》う舌の感触に、身をくねらせて悶《もだ》える。

「きめ細かな肌。血管が透《す》けて見えるわ。若い肉と骨、愛らしい声。思っていた通り」

教母が甘い声で囁《ささや》く。その響《ひび》きに、娘はぞっとした。

「あなたが家族ぐるみで入信してきたときから、私のものにしたいと思っていたの」

「え……きょ、教母、さま？」

教母はガウン状の教衣を右肩だけ脱いだ。細身に似つかわしくない豊かな乳房。娘はかあっと顔を赤らめる。唐突《とうとつ》に、教母が震《ふる》える手で娘の服を引き裂いた。ボタンが弾け飛ぶ。まだほとんどふくらみのない、青白いなめらかな胸があらわになる。

娘は声も失って、陰になった教母の顔を見上げる。

「この肌を爪で裂いて。臓腑《ぞうふ》に両手を沈めて。血をじかにすすって」

自分の腹に吐きかけられるつぶやきを耳にして、娘はおののいた。

その耳に、ぴしり、という音が突き刺さる。

赤黒い粘液《ねんえき》が、娘の胸にぽたりとたれた。

なにが起きたのか、わからなかった。娘の思考は真っ白になり、目はうつろに泳いだ。

教母の顔が額から顎《あご》まで縦に裂け、ばっくりと開いたのだ。内側の粘膜《ねんまく》に白い棘《とげ》がびっしりと並んで生え、その間からうねうねと蠢《うごめ》く蚯蚓《みみず》の群れのようなものが、娘の胸、そして首筋へと伸びる。

粘液で濡《ぬ》れた先端が皮膚に触れた瞬間、娘の恐怖の堰《せき》が決壊した。

「……――いやぁあああああああッ」

悲鳴が講堂の闇を切り裂く。のたくる舌先が首に巻きつき、その声を断ち切った。かは、かは、と喉《のど》から呼《こ》気の断片が漏れる。苦しい。息ができない。

殺される。化け物に、殺される。脇腹《わきばら》に鋭い痛み。教母の爪が食い込んだのだと知る余裕もない。なぜ。どうしてこんなことに。夢じゃないのか。こんな気持ち悪い化け物が。いやだ。助けて。だれか助けて。

そのとき――

不意に、首の締めつけがゆるんだ。のしかかっていた重みが消える。

娘は歯をがちがちと鳴らしながらも、目を開いた。教母の異形《いぎょう》の姿が消えている。身をねじって起こすと、講壇《こうだん》の上から転げ落ちそうになった。

むせながら顔を上げると、教母は講壇から少し離れたところに立って、顔を歪め、娘の頭上をにらんでいる。顔は人の形に戻ってはいたが、頬《ほお》やはだけた胸についた血糊《ちのり》が、先ほどの異形は夢ではなかったと語っている。

じりじりと後ずさる教母に向かって――声が降ってきた。

「――動くな。描きづらい」

娘はびくりと震《ふる》えた。少女の声だった。背後の、ずっと上の方からだ。

教母の視線をたどって、おそるおそる振り向いた。講壇《こうだん》の背後の高み、大きなステンドグラスのはまったくぼみの縁に、腰掛けた小さな人影がある。

黒ずくめに、足まで届きそうなほどの長い黒髪。白い可憐な細面《ほそおもて》は闇に浮かび上がって見える。教母を見据《みす》える眼光は氷柱のように鋭い。しかし、なによりも目を引くのは、少女が手にした茶褐色《ちゃかっしょく》の板状のもの――スケッチブックだと娘は気づく。

少女の肩がひっきりなしに動いている。スケッチしている？　こんな、こんな状況で。救《たす》けではないのか。娘の中で、絶望と困惑《こんわく》がないまぜになる。

「あなたは――だれ？　どこから……」

教母のかすれた声が聞こえた。少女は手を止めずに答えた。

「宗教法人を隠れ蓑《みの》に餌を集めるなんて真似をしたのは、貴様がはじめてじゃない。がっついたものだな。だから露見《ろけん》する」

「……殲滅機関《せんめつきかん》の者か」

教母は顔を歪めてざらついた声を吐いた。

「ふふ。ひとりで忍び込むなんて、お馬鹿さん。見たところ、あなたは偵察でしょう。気づかれたときに逃げればよかったのに」

そうだ。逃げて。殺される。娘は、声にならない声で、スケッチブックの少女に向かって叫んだ。この女は化け物だ。人間じゃない。

「いいわ。あなたから喰ってあげる。まさか届かないと高《たか》をくくっているわけじゃないでしょうね？」

愉快そうに教母が笑った。それから、ぞぶり、と濡《ぬ》れた肉の音。娘はぞっとして首をすくめる。天井近くに腰掛けた少女に向かって、もつれ合いながらゆっくりと伸びていく気色悪い蚯蚓《みみず》の群れが視界に入ってしまう。

娘が思わず耳をふさいで縮こまろうとしたとき、触手の蠢《うごめ》きがぴたりと止まった。

同時に、少女がスケッチの手を止めている。

「……な」

ぼぐぼぐという泡のような音の混じった、教母の声。

「なにを、した？」

ずるり、と触手が巻き戻る。娘は肩越しにちらと後ろを見た。ちょうど窓から射し込む四角い月明かりの下で、教母は立ちつくし、痙攣《けいれん》していた。なにか様子が変だ。娘は講壇から転がり落ち、あわててその陰に隠れた。自分の心臓の音が、今さらながら耳の内側から直接鼓膜《こまく》を叩くようにやかましく聞こえてくる。

教母は一歩も動かない。それどころか身じろぎもしない。ただ声をしぼり出す。

「なに、を……」

たん、とすぐ横で足音がした。娘の身体がびくっと引きつる。黒いコートを翼のように舞い広げて軽《かろ》やかに着地した少女は、ゆっくりと立ち上がり、手にしたスケッチブックを広げて教母に見せた。教母の、形のよい眉が歪む。

娘も、その広げられたページに吸い寄せられるように目を向けた。

描かれていたのは、人ではなかった。コンテの線で克明《こくめい》に形作られたそれは、一株の草の絵のようだった。

「……なんの真似?」教母の声は引きつっている。

「わからないのか? 貴様の絵だ」

「なにを妄言《もうげん》を――」

「これは鳳仙花《ほうせんか》だ」

鳳仙花? 娘は暗がりの中でスケッチブックに目をこらす。

たしかに、鳳仙花の絵だった。放射状に広がる、細い矛先《ほこさき》型の葉。流線型の小さな実。

「貴様が動けないのは、根付いたからだ。血脈が乱れているのは、花が枯れたからだ。鳳仙花は春に芽《め》吹《ぶ》き、夏に花咲き、結実して黄色く熟《じゆく》し、やがて」

爆散する――

少女はそうつぶやきながらスケッチブックを閉じた。しかし、そのかすかな声はかき消されてしまった。肉と血しぶきが飛び散《ち》る音、そして教母の絶叫が暗闇を引き裂いたからだ。

講壇《こうだん》の陰に隠れていた娘の顔にまで、撒《ま》き散らされた飛沫《ひまつ》が降りかかった。娘は呆然《ぼうぜん》として教母の方を向いた。まるで巨大な砲弾にえぐられたかのように、教母の右肩がごっそりとなくなり、支えを失った首がだらりと落ちて皮一枚でぶら下がる。

教母は床に膝《ひざ》をついて、そして崩れ落ちた。頭が転げ落ち、長い髪が惨状を覆《おお》い隠すかのようにその背中に広がる。

「……お、まえ、はッ」

しゃがれきった声が床を這《は》って娘のところにまで聞こえてきた。おぞましいことに、教母はまだ生きていた。骨もつながっていないはずの首がぐっとねじ曲げられ、血走った目がスケッチブックの少女をにらみ据《す》える。

「おまえかッ……殲滅機関《せんめつきかん》の遺影《いえい》描き……その名はとこしえに呪われ、すべてのトーテムから削除された……――イ、タ、カッ」

教母のうめき声は、血溜《ちだ》まりに呑《の》み込まれた。イタカと呼ばれたその少女は、床に広がった教母の髪が血にゆっくりと浸っていく様をじっと見つめていた。

ちぎれた教母の喉《のど》から漏れる、ひゅうひゅうという呼吸音が、やがて血溜まりの泡立つくぐもった音に変わる。講壇の裏からのぞく娘もまた、その酸鼻《さんび》きわまる光景から、なぜか目をそらせなかった。

やがて教母の死骸《しがい》は講堂の床にぞぶ、ぞぶ、と広がっていく。

静寂が、戻ってくる。

しんと冷えた堂内の空気に、聞こえるのは娘自身の鼓動だけになる。あごがまだ震《ふる》えているのがわかる。スケッチブックを脇にはさんだ黒衣の少女は、赤黒いぬかるみの縁にかがみこんでしばらくその粘液《ねんえき》の面をじっと見つめていた。

やがて立ち上がり、黒いコートのポケットからなにかを取り出す。暗闇の中で、それの液晶画面がぼうっと青く浮かび上がって見える。

「……蓮太郎《れんたろう》？　わたしだ。うん」

携帯電話だった。傍《かたわ》らでそれを見つめる娘は、部分的に奇妙に現実的なその光景を、グロテスクな冗談のように感じていた。

「教団の件は片付いた。先走ったのは謝る。掃除屋をよこしてくれ。……伊々田《いいだ》市？　もうそっちが動いているのか。うん。わかった。わたしもすぐに向かう」

ぱちん、と携帯電話を閉じた少女が、こちらに向き直った。

視線が合う。娘の喉《のど》から、ひぐっ、といううめき声が漏れた。少女の両眼が一瞬、黄色く光って見えたからだ。

少女が歩み寄ってくる。娘は床にへたり込み、震《ふる》える両腕でかろうじて上体を支え、じりじりと後ずさった。化け物だ。この少女もまた、化け物なのだ。

突然、ふわり、と優しい闇が娘の視界を覆《おお》った。頭になにかがかぶせられた――少女が着ていた黒いコートを脱いで、半裸の自分にかけたのだ、とじきに気づいた。

「――忘れるといい」

布越しに、少女の声が染み込んできた。

「じきに掃除屋が来る。なにも見ずに、夜が明けるまで縮こまっていろ。みんな夢だ」

少女の声はぼんやりとしてくる。みんな夢。そうなのだろうか。そうであればいい。娘はコートの端を握りしめて、膝《ひざ》を抱いた。

みんな夢だ。悪い夢。

やがて、足音が遠ざかっていくのが聞こえる。

残るのは、隙間《すきま》風《かぜ》のような音と、水音――教母のちぎれた喉から漏れる末期《まつご》の息と、流れ出す血の音――だめだ。考えちゃだめだ。みんな夢なのだから。

娘は暗闇の中で、きつく目を閉じた。

第一章　鴉の少女

僕の寝室には布団以外の家財《かざい》が一切ない。

物心ついた頃から僕は、そのだだっ広い板の間の真ん中に布団を敷《し》いてひとりで寝ることになっていた。その理由について母様は、「あなたはこの朽葉嶺《くちばみね》家の婿《むこ》なのだから」とだけ説明してくれた。

実をいえばそこは寝室ではなかった。

朽葉嶺の広大な屋敷のちょうど中央に位置するその部屋は、神事《しんじ》や占いを行う祈祷所だった。床板にも壁にも香《こう》のにおいがしみつき、天井には極彩色《ごくさいしき》の神話図が描かれていた。天井画は一見すると密教《みつきょう》の曼荼羅《まんだら》に似ていたけれど、描かれているのは如来《にょらい》でも菩薩《ぼさつ》でもなく、どちらかと言えばエジプトの神々を想起《そうき》させる動物神たちだった。

幼い日の僕にとってみればそれは天井にひしめく化け物の絵に他ならず、夜になるとそいつらが絵を抜け出して降りてくるという想像にとりつかれ、いつも布団を頭までかぶってうつぶせで眠った。高校生になる頃にはひとりきりの暗闇も怖くなくなっていたけれど、枕に顔を埋めて眠る習慣だけは残った。

だから押し潰される夢をよく見る。

その朝も僕は、押し潰される夢から目を覚ました。まぶたを開くと、目に入るのは布団と枕の白。首を曲げて見回す。まだ薄暗い。それから、なぜか息苦しい。なんでだろう。手足を伸ばそうとして、それに気づく。だれかが背中に乗っかっているのだ。膝《ひざ》かなにかが背骨にあたる固い感触がある。それから、ぎゅっと押しつけられた布団越しの体温。

冷たいものが、いきなりぺたりと僕の両眼をふさいだ。だれかの手だ。びっくりして身をよじる。

「だれでしょう？」と、少女の声。

朽葉嶺の屋敷に僕の他に住んでいるのは五人の女。みんな同じ声で喋《しゃべ》る。でも、こんなことをするのは一人しか考えられなかった。

「どいて、亜希《あき》」

「わ、正解。どうしてわかったの？」

「体重で。ぐぇ。嘘だって。やめろ首絞めるのは、苦しいってば」

僕の首に亜希の細い腕が巻きつき、布団越しの体温がいっそう強く押しつけられる。

「どいてよ、重い。こんなことしてるの母様に見つかったら怒られるよ？」

「やだ。どかない」

「なんで」

「だってもうすぐ継嗣会《ひさねえ》だから。一週間もお兄ちゃんに逢《あ》えなくなっちゃう」

「そっか。もう来月だっけ」

来月、十二月には亜希《あき》たち四人の姉妹は十六歳の誕生日を迎える。朽葉嶺《くちばみね》の家のしきたりによって、屋敷のどこかにある祠《ほこら》に現当主である母親とともに篭《こ》もって、七日の儀式ののちに次の当主を決めるのだ。

朽葉嶺の、次の当主。それは、婿《むこ》養子である僕の——妻、ということだ。

僕はそのために、生まれてすぐにこの屋敷に引き取られてきた。だからこの馬鹿馬鹿しいくらいに古くさいしきたりのことも物心ついた頃から知っている。それだけにかえって現実味がない。なんてことを考えていたら、耳元で少し怒ったような亜希の声がする。

「自分のお嫁さんが決まるのに、なんでそんなに他人事みたいなの？」

「だって、他人事みたいなもんだし……それと上に乗るのとなんの関係が」

「しばらくお宮篭もりだから、お兄ちゃんを充電しておくの」

「意味わかんないよ。なんだ充電って。いいからもうちょっと寝かせてよ」

亜希は答えずにぎゅうっと抱きついてきた。やめろ苦しい。僕は布団の中でもがいたが、寝起きで身体に力が入らない。と、部屋の戸の外で声がした。

「亜希、マヒル起こした？」

木戸が開いて、足音が寄ってくる。

「わ。奈緒《なお》ちゃんか」

背中に乗っていた体重がふっと消えたので、顔を上げることができた。視界に入ってくるのは同じ制服、それから瓜《うり》二つの顔。同じようにくっきりした瞳と澄んだ鼻筋、白い肌に映《は》える桜色の唇。でも奈緒は姉妹の中でもいちばん髪が短いので、こうして亜希と並んでいてもすぐに見分けがつく。

「なに遊んでんの。ほらほらマヒルまた寝ようとしてる」と奈緒が眉をつり上げる。

「だって上に乗っかっても起きないんだもん」

「冬は引っこ抜かないと起きないってば」

やばい。僕は危険を感じて布団の中に頭を引っ込め、四肢《しし》を突っ張った。でも無駄だった。ものすごい力で敷き布団が持ち上がって、僕は冷たい床板の上に投げ出される。ごろごろと転げ、柱かなにかに後頭部をぶつけてしまう。まぶたの裏で星が散《ち》った。

「ひどいよ奈緒ちゃん！　お兄ちゃん大丈夫？」

痛ぇ……早朝の寒さの中、駆け寄ってきた亜希の声もなんだかぼやけて聞こえる。

「マヒル、しゃっきりしろってば」

奈緒も近寄ってきて僕のそばにかがみこむ。寝間着《ねまき》の襟首《えりくび》をつかまれ、平手で何度も頬《ほお》をはたかれた。痛みが遠ざかって、意識が朦朧《もうろう》としてくる。

「奈緒《なお》ちゃんやばいよ、お兄ちゃんなんだかぶつぶつ言ってるよ！」

「しょうがないな、寝間着剥《ねまきは》いじゃおう。そしたら起きるよ。亜希《あき》、マヒルの頭押さえてて」

「やめろってば！」

一気に目を覚ました僕は這《は》って部屋の反対側の戸まで逃げた。屋敷の中央に位置する僕の寝所は、四方にそれぞれ戸口がある。だから逃げ道には事欠かない。でも奈緒は飛び跳ねるように近寄ってきて、僕の寝間着の裾《すそ》をつかんだ。

「いいからおとなしくしろって」

ああもう毎朝毎朝僕で遊ぶなよ！　戸口に背中を押しつけて奈緒の手から逃げようともがいていると、背後から板戸越しに声がした。

「お兄様、お粥《かゆ》持ってきました。入ってもいいですか？」

美登里《みどり》の声だった。この屋敷でただひとり、ひとの寝室に勝手に入ってこないという礼儀をわきまえた人物。助かった。僕はよく考えもせずに「いいよ」と返事をしてしまった。

からっと戸が開く音とともに、背中の支えが消えた。

僕は仰向けに倒れ、なにかに——美登里の脚だ、と気づいたときには手遅れで——ぶつかった。「きゃあっ」という美登里の声が響《ひび》き、粥の入った椀が落ちてくるのがスローモーションで見えた。

幸運だったのは、寝間着を脱がそうと奈緒が僕の脚を引っぱったことだろう。

被害は髪だけで済んだ。

朽葉嶺《くちばみね》の屋敷は、あきれるほど広い。

どのくらい広いのかというと、僕の部屋から、屋敷の西端の浴室に行くまでの間に、髪にこびりついた粥が乾いてこわばってしまうくらい。あまりに無駄だ。六人しか住んでいない家なのに。

使用人は何人かいるのだけれど、母様が外の人間を嫌っているせいで、住み込みの者は一人もいない。使っていない部屋をすべて合わせると、小学校が一つ作れそうなほどだ。数百年の昔から続いてきた旧家《きゅうか》だというし、あるいは以前は何十人もの側室《そくしつ》を囲っていたのかもしれない。

いや、朽葉嶺家は女しか生まれない家系だったっけ。

だから代々、僕みたいな婿《むこ》養子が狩井《かりい》家から出されることになる。

歴史の端っこにぶら下がっている自分を考えると、やっぱり現実感がない。あと半月足らずで自分の結婚相手が決まるということにも実感が湧かない。

継嗣会《ひさねえ》が終わったら、結婚式があって、家を継いで、おまけに子供も作らないといけないだろうし……って、子供？　僕は自分の想像に慄然《りつぜん》とする。四人とも妹みたいなものなのに、そのうちのだれか一人と、僕が、子供を、つまりその――

ひとりで赤くなって恥ずかしい想像をぐるぐる回しながら廊下を歩いていると、いつの間にか浴室にたどり着いていた。水でもかぶって頭を冷やそうかな。そんなことを思いながら檜材《ひのきざい》の重たい戸を引く。

脱衣所の木棚の前に立っていた人影がぱっと振り向いた。僕はびっくりして固まる。濡《ぬ》れて肌が透《す》けた純白の襦袢《じゅばん》。髪の張りついた顔が、かあっと赤く染まる。その顔と対面するのは、その朝四度目だった。凍りついた僕に向かって、竹かごが投げつけられる。

「兄様のばか！　いきなり開けないで！」

僕は顔面でかごの一撃を受け、あわてて戸を閉めた。

「なにしてんの千紗都《ちさと》……」

額がじんじん痛んだ。足下《あしもと》にかごが転がり、バスタオルが床に投げ出される。

「兄様だってこんな朝から！　お風呂は必ずノックしてってって言ってるでしょ！」

女ばかりと一緒に暮らしているとよくある事件なので、僕は肩をすくめ、戸口の脇にもたれて待った。やがて戸が開いて、制服に着替えた千紗都が出てくる。髪はまだ濡れていて、唇は血色が悪い。

「大丈夫？　顔色よくないけど」

「なんでもない」

「髪ちゃんと拭かないと風邪引くよ？」

拾ったタオルを千紗都《ちさと》の頭にかぶせて拭いてやろうとすると、「大丈夫だってば！」と振り払われた。廊下を走り去る制服の背中を見送り、僕は首を傾げる。どうしたんだろう。なんだか機嫌悪そうだった。

脱衣所に入ると、木棚の上の段に、おそらく千紗都《ちさと》の忘れ物なのだろう、妙なものが置いてあった。小さな裁縫箱《さいほう》だ。裁縫箱？　なにしてたんだ、あいつ。

服を脱いで広い浴室に足を踏み入れた僕は、寒さにぶるっと震《ふる》え、それからさらに妙なことに気づく。床がひどく冷たいのだ。さっきまで千紗都が使っていたはずなのに、湯気の名残もなく、鏡も曇っていない。

そういえば、変なかっこうだったけど。まさか水垢離《みずごり》でもしてたのか？　こんな寒い日に。

でも、詮索《せんさく》している余裕はなかった。早くしないと遅刻してしまう。僕はシャワーのコックをひねってシャンプーを手に取った。

髪を洗って制服に着替えると、もう八時を回っていた。馬鹿馬鹿しいことに浴室から玄関までも歩くと一分くらいかかる。だから僕は磨きあげられて滑りやすい廊下を、タオルで髪を拭きながら走った。

「マヒルさん」

書斎の前で、呼び止める声があった。僕の全身が凍りつく。立ち止まらないわけにはいかない。振り向くと、書斎の入り口に、母様が立っていた。深い紅色の小袖《こそで》に黒髪が映《は》えている。日本人形のようなその姿は、どうかすると娘である千紗都たちよりも若く見えることさえある。髪型の似ている美登里《みどり》あたりと並べて想像するとそっくりの姉妹にしか思えない。

朽葉嶺早苗《くちばみねさなえ》——僕の戸籍上の母親。でも僕はこの人を前にすると、まず朽葉嶺の当主であるという認識が先に立って、どうしても家族であると思うことができなかった。

「母様」僕の声は乾いていた。咳払いをする。「おはようございます」

「朝から騒がしいこと」

母様は微笑む。怒っているようには見えなかったけど、僕は目をそらしてしまう。

「寝坊なさる癖はちっともなおらないのね」

「気をつけ……ます」

「あら？」

母様は眉を寄せて僕に近づいてきた。その手が僕の頬《ほお》に添《そ》えられる。体温の低さに僕はぞくりとする。

「粥《かゆ》を……こぼしたのですか」

「え？　あ……はい。まだ汚れていますか」

「いえ、においが」

ああ、と僕は納得する。

母様は驚くべき嗅覚《きゅうかく》の持ち主だ。神事《しんじ》に香《こう》を多用するからか、そちらへの造詣《ぞうけい》も深い。急いでシャワーで洗い落としただけじゃ、その鼻はごまかせなかったんだろう。

「まあ」

さらに母様は顔を近づけてくる。僕の背中が緊張で引きつる。

「……な、んですか」

「また亜希《あき》が臥所《ふしど》に忍んだのですね？　いけない子」

僕は言葉を失う。そこまでわかるのか。

「あの子は慎《つつし》みが足りませんから……今後、そのようなはしたない真似をすることがありましたら、マヒルさんも叱ってください」

鼻が触れ合いそうな距離で母様が笑って言う。

「……は、い」

「半月で継嗣会《ひさねえ》ですのに、あの子ったら……」

そのとき、廊下の向こうから声がした。

「お兄ちゃん！　はやくー！　遅刻しちゃうってばー！」

当の亜希の声だった。助かった。僕は意味もなくほっとする。

「行ってまいります、母様」

「ええ、お気をつけて」

朽葉嶺《くちばみね》の屋敷は小高い山の中腹にあって、伊々田《いいだ》市を睥睨《へいげい》している。長いつづら折りの坂を僕たちは毎日上り下りしなければならない。門の前まで迎えの車が来ればいいのにといつも思うのだけれど、母様曰く、この山は神域で、自動車の入山は許されていない。

坂の途中に、林の中に分け入っていく脇道がある。僕の生家、狩井《かりい》家に続く道だ。朽葉嶺の殿様、狩井の御家老、と揶揄《やゆ》されることもあるが、この町における両家の立ち位置を表すたとえとして実に的確だと僕は思う。

先頭を走る奈緒《なお》が分岐点に差しかかったとき、脇道の梢の間から、背の高い灰色のスーツ姿が現れた。

「おはようみんな……わ」

狩井夏生《なつお》――僕の叔父だった。今年で二十六歳のはずだけど、僕によく似た童顔で、奈緒とぶつかりそうになってあわてている様は大学生くらいに見えてしまう。昔からよく一緒に遊んでいたし、お互いにいつも呼び捨てなので、十歳も離れているという気がしない。

「夏生さん、検査の結果出た？」

「いや……これから研究室に持ってくところ」

「ねえねえあたし身長伸びてた？　その場で教えてくれればいいのに」

奈緒《なお》と亜希《あき》に口々に訊かれて、なぜか夏生《なつお》も早足になる。僕は数歩後ろから、その背中を同情の目で見ていた。

夏生叔父は若くして朽葉嶺《くちばみね》家の主治医だった。つい先日、継嗣会《ひさねえ》に備えて姉妹たちの健康診断と身体検査を行ったのも、この人。跡継ぎの大事な身体は外部の医者には任せられない、ということらしい。

「夏生、大学行くの？　うちじゃ検査できないわけ」

隣まで追いついて訊いてみる。狩井《かりい》の家にも、個人医院なみの施設があるのだ。

「ああ、うん、ちょっと詳しく調べてみたくて」

「なにか問題あったんですか？」

僕の横をついてきた美登里《みどり》が心配そうに言った。夏生はあわてたように手を振る。

「いや。いやいや。心配するようなことはないよ。ほら、大事な継嗣会の前だから念のため」

山を下りると、冬枯れのうら寂しい田圃《たんぼ》が広がっている。車道には夏生のスポーツカーと、僕たち五人を乗せて学校に送るための黒い６ドアの大型車が並んで停まっている。年老いた運転手さんは直立不動で待っていた。

田圃で吊した藁《わら》を下ろす作業をしていた二組の老夫婦が、山を下りてきた僕たちをみとめると、土の上に膝《ひざ》をついて平伏した。何度も見た光景。僕もすでに慣れている。たまに、ほんとうに現代日本なのだろうかと疑うこともあるけれど、朽葉嶺と狩井の家はここ伊々田《いいだ》市の文字通りの支配者なのだ。

夏生だけは苦々しそうに目をそらして、自分の車のドアを開いた。

「マヒル、たまには狩井の方に顔出せよ」

運転席に乗り込む直前に言う。

「……ううん、今日は無理だけど……なに？　用でもあるの」

「跡継いだら気軽に遊べなくなるだろ、お互いに」

夏生は顔を引っ込めてドアを閉めた。

「お兄ちゃん、急いで急いで」

亜希に背中を押され、僕も車に乗り込む。

車窓の外を流れ始めた田畑の広がりをぼんやり見つめながら、僕は夏生の言ったことを考えた。夏生もまた、数多くの分家筋《ぶんけすじ》を抱えた巨大な狩井一族の家長《かちょう》を継ぐ身だ。叔父というよりは兄のような存在で、小さい頃はよく僕を悪い遊びに誘ってくれた夏生が、多数の企業を抱え市政すら動かす狩井家の主となる。それはやっぱり想像もつかない未来だった。自分のこれからと同じように。

収穫を終えて乾ききった稲田《いなだ》の、ぼんやりした土気色《つちけいろ》が視界に現れては、後方へと流されて消えていく。こんなふうに、色んなことがなんとなく流れていくのかな。車の震動を感じながら、窓枠に肘《ひじ》をつき、僕はそんなことを考える。

「お兄様、どうしたんですか。ため息なんてついて」

真後ろで美登里《みどり》が言う。

「美登里ちゃん、これはたぶんマリッジ・ブルーってやつだよ」と美登里の隣で亜希《あき》の声。僕は泡を食って後部座席を振り向く。

「んなわけあるか」

「マリッジ・ブルーってなに？」僕の目の前、助手席の奈緒《なお》が振り向いて訊いた。

「結婚の前に色々不安になるんだって。ふつう女の人がかかるんだけど」

亜希が説明すると、奈緒は興味津々《きょうみしんしん》の目で、後ろの美登里は心底《しんそこ》心配そうな目で見てくる。

真に受けるなよ。

「だからちがうってば」

そのとき、僕の隣の席でじっと押し黙っていた千紗都《ちさと》がぽつりと言った。

「兄様は、……決めたの？」

「……え？」

僕が顔を向けると、千紗都ははっとして、窓の方を向いてしまう。

「なんでもないっ」

「千紗都ちゃんはこないだから、お兄ちゃんが四人のうちだれをお嫁さんにしたいと思ってるのか気にしてるんだって」

「亜希ちゃんのばか！」

千紗都は顔を真っ赤にして、シートを飛び越えそうな勢いで振り向いた。僕も面食らう。だれと結婚したいかだって？

「でも、どうせ占いで決めるんだからマヒルがなに考えてたって関係ないんだろ」と奈緒。

「神様が、お兄様の気持ちを読み取って占いの結果に出してくれるのかも」

美登里が口にしたとんでもない予想に亜希がはしゃいで、後部座席から身を乗り出す。

「きっとそうだよ！　ね、お兄ちゃんはだれがいいの？」

気づくと亜希の顔の向こうで千紗都がこっちをものすごい切実な目でにらんでいて、僕は言葉に詰まる。

「え、と……いや……」

四方を姉妹たちの視線でふさがれて、僕の逃げ場はなかった。

「そんなの考えたこともなかった」

今さらながらに僕は、朽葉嶺《くちばみね》のこの旧弊《きゅうへい》な制度がひどくグロテスクだと感じた。四人から一人を選んで娶《めあわ》せる。選ばれなかった三人は、狩井《かりい》の分家にそれぞれ嫁として引き取られると聞いた。みんな、平気なんだろうか。

「だって、ずっと家族で育ってきたんだし、今さら継嗣会《ひさねえ》だの当主だのって言われても、困るよ……儀式が終わったら、みんなばらばらになっちゃうし」

喋《しゃべ》っているうちにどんどん声が沈んでいくのが自分でもわかった。

けっきょくはそこなのだ。家督《かとく》の継承とか結婚とかがどれだけ他人事でも。これまでの十六年間、一緒に暮らしてきた家族が、あと一月のうちに離ればなれになってしまう。それだけは、僕にとってもすぐそこにある現実。

しばらく低い車のエンジン音だけが続いて、窓の外の景色にちらほらと家が増え始めた頃、亜希《あき》が言った。

「……じゃあ、他の三人は愛人に」

「亜希ちゃんっ！」

美登里《みどり》と千紗都《ちさと》が同時に突っ込んだ。僕は頭を抱えてため息をついた。そのうち奈緒《なお》ものってきて愛人生活について四人がきゃいきゃいと喋りだしたので、たまらなくなって、なんとかみんなの話題をそらそうと運転手さんに言った。

「あのう、ラジオつけてもらえます？　天気予報見てくるの忘れちゃったし」

「かしこまりました」

白い手袋の指が、カーステレオに伸びた。

そのニュースは、首相の訪中や大規模な先物取引詐欺《さきものとりひきさぎ》グループの摘発《てきはつ》といったニュースの後だった。アナウンサーの沈痛《ちんつう》そうな声に、だれもが口をつぐんでしまう。

『……日午前五時三十分ごろ、……県伊々田《いいだ》市下隠町近くの河川敷《かせんしき》で、近くに住む……さんの長女、……さん十六歳が亡くなっているのを、ジョギング中の男性が見つけ、110番通報しました。警察では、遺体の状態などから、今月六日と二十日に、同じく伊々田市で起きた殺人事件と関連があるものと見て……』

ごろりとした氷塊のような沈黙がしばらく車の中に居座っていた。

「……うちの高校の子だ」

奈緒がつぶやく。僕はぞっとした。これでもう、三人目だ。このところ伊々田市で立て続けに起きている、女子高生ばかりを狙った殺人事件。

「奈緒ちゃんの知ってる子？」と美登里が訊ねる。

「名前だけ。隣のクラスだったかな」

「あのねあのね、前の事件のとき聞いたんだけど、死体がなんかすごいことになってたんだって、知ってる？　手足が」

「もう、やめてよ亜希ちゃん！」千紗都が両耳をふさいだ。

姉妹たちの声で聴き取りづらくなったニュースを身を乗り出して聴きながら、僕は腰の裏側あたりにぞわぞわと忍び寄ってきた悪寒を感じていた。

なんだろう、これは。

被害者は女子高生ばかり。ついに、うちの高校の生徒も。

「これ、うちの近くだよね。下隠町だし」

「うん」奈緒《なお》がうなずく。

「買い出し済んでる？　宮籠もりだし、虫除けの香《こう》とか松葉《まつば》とかたくさん使うんだよね？」

継嗣会《ひさねえ》の準備は、すべて朽葉嶺《くちばみね》の家の者だけでしなくちゃいけない。

「土曜日に行こうかと思ってました」と美登里《みどり》が僕の後ろで言う。

「あ、じゃあ僕が行く」

「なんで」助手席の奈緒がまた振り返った。

「いや、だって……」

スポーツニュースに切り替わってしまったカーラジオのスピーカーを見やる。

「心配してくれるんですね、お兄様」と美登里。

「でも、行き帰りは車だし、大丈夫だよ。お兄ちゃんの方が心配。よく寄り道するし」

「僕は男だよ……」被害者は全員少女だったので、性的変質者の犯行という見方も多かった。

「マヒルは男だけど、なよっとしてるから襲いやすそう」

奈緒の言葉に、姉妹たちはくすくすと笑い合った。ただ千紗都《ちさと》だけが、むっつりと黙り込んでいる。

なんだか、いやな予感がした。川向こうに見えてきた高校の校舎のシルエットを見つめながら、僕はその予感を胸の中で押し潰した。

＊

朝の教室でも、その話題ばかりだった。

僕たちの通う高校は男女別学で、男子クラスの生徒には被害者を知っている者はあまりいないはずだったけど、それでも同じ学校の生徒が殺されたという話はもうすっかり広まっていた。一年生というから僕の一つ下、妹たちと同じ学年だ。

「手足ぶった切られてたんだってよ」

「うわーきも」

「どんな変態だよ。そんなんでヤって興奮すんのかな」

「なんか、腰から下なかったって噂聞いたけど」

朝のホームルーム開始を告げるチャイムが鳴っても担任教師がやってこないので、教室の喧《けん》噪《そう》はいっこうにおさまらなかった。僕は教室最後列《さいこうれつ》の自分の机に張りついて、クラスメイトの会話を聞くともなしに聞いていた。

「今朝、うちの祖父《じい》さんが言ってたけど、十何年か前にもあったんだって」

「バラバラ死体？」

「女子高生ばっかり四人」

「このへんで？」

「また河原か、って祖父《じい》さん言ってたから、たぶんそう」

と、教室の前の戸が開いて、あわただしく担任教師が駆け込んできた。

「えーとみんな知ってると思うけど、大変なことがあったんで、ひとまず一時間目は自習」

抗議とも歓声ともつかない声が教室じゅうからあがる。

「ひょっとして休校ですかあ」とだれかが聞いた。そろそろ髪の薄くなってきた中年教師は、眼鏡をずり上げながら首を振る。

「まだわからんけど勝手に帰ったりしないようにな」

教師が出ていってしまうと、さっきよりもずっとくだけた騒がしさが僕を取り巻いた。単純に自習を喜ぶ声だけではなかった。

「なー、ただでさえテスト延期なのに自習とかにしたら、冬休み減るんじゃねえの」

「ああそうか。やめてほしいよな」

「なんでテスト延期なんだっけ。祭り？」

「ほら、あの、朽葉嶺《くちばみね》の」

僕はちらとそっちを見てしまい、喋《しゃべ》っていたクラスメイトたちと視線が合う。彼らはいきなり咳払いをしたり目をそらしたり席を立ったりした。

気づかれないように、僕はため息をつく。

定期テストの日程がずれた理由は、朽葉嶺の継嗣会《ひさねえ》だ。学校側がそう公式発表したわけじゃないけれど、そのことはみんな知っている。この高校だって朽葉嶺が出資して設立したものだし、継嗣会が終われば市をあげての祭りが行われるという。

この街は、なにもかもが朽葉嶺の都合で回っている。

もうすぐ僕が継がなければいけない、支配者の家系。

だから、僕に話しかけるクラスメイトは一人もいなかった。

せめて僕の代になったら、朽葉嶺や狩井《かりい》の子供たちは市外の学校に通うようにできないだろうか。でも、千紗都《ちさと》たちはクラスで浮いてるって話を聞かないし、けっきょくのところ、僕の問題なのかな。

教室を抜け出して屋上に行った。十一月の終わりの曇った朝、吹きさらしの屋上はひどく寒かった。僕は学校での空き時間のほとんどを、ここで孤独に過ごしていた。

ねずみ色の冬空の下、田畑とまばらな木造の家ばかりの伊々田《いいだ》市の景色が広がる。遠くの鉄橋を貨物列車が渡っているのが見える。線路を目でたどっていくと、駅のあたりに少し不自然なくらい背の高い建物が固まっている。

こんなつまらない田舎町で、猟奇《りょうき》殺人が——女子高生ばかりを狙ったなんていう、週刊誌が大喜びしそうな事件が、もう三度も起きている。

ついに、同じ学校で被害者が出てしまった。

僕は背の高い金属の柵に半身をもたせかけて、無人の校庭を見つめ、送りの車の中で不意に味わったいやな予感を反芻《はんすう》する。亜希《あき》。奈緒《なお》。千紗都《ちさと》。美登里《みどり》。一人ずつ思い浮かべてみると、そこにひとりでに血の赤が重なる。

手すりに額をこすりつけて、その想像を払い落とそうとしたけれど、消えなかった。

そんなことになったら、僕はどうなってしまうだろう。

「どうにもならないね」

声がした。

「どうして?」と僕は訊ねた。

「だって、君はほんとうの意味でだれかを気遣《きづか》ったことなんてない。心を開いたこともない。ずっとひとりきりだったんだ。婚約者の一人や二人、どうなったところで、いつもみたいにうまく哀しむふりをして、三日くらいで立ち直ったように見せかけるだろうさ」

僕は顔を上げた。その男はすぐ隣に立っていた。柵にだらしなく背中をもたれているのに、なお僕を嘲《あざけ》るような目で見下ろせるほどに背が高い。浅黒い精悍《せいかん》な顔は三十代前半ほどに見えるけれど、無造作に背中まで伸ばしたその髪は真っ白だ。

彼の両腕は後ろに回され、太い麻縄で何重にも縛られていた。ベージュ色のガウンのような服に縄が深く食い込んでいる。

いつ頃からこいつが僕にまとわりつくようになったのか、憶えていない。こいつの名前もわからない。呼び名を考えようとするといつも浮かんでくるのは、ぼっかりと口を開けた虚無《きょむ》と空白だけだ。

だから僕はその空白をそのままこいつの名前として認識している——《　》と。

「さすが、よくわかってるね」と僕は言った。《　》が気に障ることばかり言うのはいつものことだ。挑発に乗って腹を立ててもしょうがない。だって、こいつは所詮、僕の頭が創り出した妄想なんだから。

「でもさ。人間ってそんなもんじゃないの。ほんとうに哀しんでるのか、演技なのかなんて、他人にはわかるはずがないんだし」

「なるほどね」身体をわずかに曲げて《　》は笑った。「しかし私と君は他人ではないよ。だからわかる。どんなに壁を飾り立てた家でも、中から見れば張りぼてなのは一目瞭然《いちもくりょうぜん》だ。君には人間として大切なものが欠けているからね。欠けているというより間違っていると言うべきか。前にも言ったかな。人間というのは関数だからね。関数の定義はわかるね？　ある数xを入力すると決まった数yが出力される式のことだ」

教師ぶった物言いは《　》の癖だった。なんだろう、ほんとうは僕も、こいつみたいにずけずけとものを言いたい欲求があって、それが抑圧《よくあつ》されてこんな形で出てきてるのかな。心理学だったか精神病だったかの本にそんなことが書いてあったけど。

「六十億の人間がいれば六十億通りのちがった関数がある。一つとして同じものはない。かといって、一つ一つにそうそう差があるわけじゃない。殴られればだれだって痛がるし餌をもらえばだれだってしっぽを振る」

「それは犬でしょ?」

「比喩《ひゆ》だよ。相変わらず詩的センスを解さないね君は。ともかく、そのへんを歩いている一山いくらの人間は、関数としてさほど差異がない。せいぜいが$y=3x+6$とか$y=4x-8$とか、その程度のヴァリエイションだよ。でも君はちがう。おそらく君の関数には、平方根だの虚数《きょすう》単位だのがずらずら並んでいるんだろうね」

「なんかうまいこと言ってるつもりかもしれないけどさ、あんたのそのくだらないたとえ話はもういいよ。飽きた」

「君が訊いたんじゃないか。君という関数を通して出てくるyは無理数か虚数だ。いくつをかけていくつを足せば普通の数字になるのか、君にはわからない。もちろん私にもわからない」

じゃあ黙っていろ。僕は声に出さずに言った。《　》は僕の口を使って喋るので、喉《のど》がひどくくたびれていた。

珍しいことに、《　》はほんとうに黙って消えた。僕はあたりを見回した。あの白髪の男が自分の話を終えずに引っ込むことは滅多《めった》にない。あるとしたら、なにかの気配を感じ取ったときだ。だれか来たのかと思って屋上の入り口を振り返ってみても、だれもいない。

もう一度、柵の向こうに目を戻した僕は、それに気づく。

校庭の左手の隅にあるプレハブ小屋——体育倉庫の、屋根の上に、黒いものが見えた。人影だ。黒ずくめのかっこうをした、髪の長い女の子が、倉庫の屋根に腰掛けて校舎の方に向かってなにかしている。立てた膝《ひざ》の上に褐色の板状のものをのせている。

あれは——スケッチブック？

だれだろう。明らかに生徒じゃない。こんな時間に、あんなかっこうで、体育倉庫の屋根に座って写生？《　》が引っ込んだのはあの娘に勘づいたからだろうか。

なぜか、背筋がこわばるような不吉な予感がした。

そのとき、ばざざっ、という音が頭上で響《ひび》き、僕は首をすくめた。見上げると、黒い影が羽音を撒《ま》き散《ち》らしながら僕の真上を通り過ぎる。

鴉《からす》だ、と気づいた。

その鴉は、まっすぐに体育倉庫に向かって滑り降り、翼を激しく打ち振って減速すると、黒ずくめの少女の肩にとまった。

僕はぎくりとして柵から離れ、身を低くした。少女がこちらに気づいて、目を向けてきたような気がしたからだ。頬《ほお》にひりひりしたものを感じた。

しばらくコンクリートの上に伏せてじっと耳を澄ませていた。羽音はもう聞こえない。

頭を低くしたままそっと手すりに近づいてみた。見下ろすと、すでに倉庫の屋根には少女の影はなくなっていた。

＊

その日はけっきょく休校にまではならなかった。二時間目からは平常通りの授業で、補習まできっちりやったので、僕が学校を出たのは夕方の五時だった。姉妹は先に帰宅していたので、運転手さんには二度手間をかけさせてしまったことになる。

「急いで帰るようにとお方様が仰ってましたので、少々飛ばします」

僕が乗ってすぐに運転手さんが言った。

「え？　母様が？　なにかあったっけ」

「お客様がおいでのようでした」

「あ、入札か。忘れてた、今日だっけ」

担任に言って補習を早退させてもらえばよかった。いい口実になったのに。

朽葉《くちば》嶺《みね》の屋敷がある小山の麓《ふもと》には、他にも車が四台も駐まっていた。僕は車から飛び降りると、急いで山道を登る。

息を切らして屋敷の門をくぐってすぐに、美登里《みどり》が出迎えてくれた。

「お兄様、お客様がお待ちです。これ着替え」

「ありがと」

美登里から受け取ったのは洗いたてのワイシャツとスラックス。さすがに学校の制服のままで客の前に出るわけにはいかない。トイレで着替え、屋敷の中央、自分の寝室に向かった。

「母様、遅くなりました、ごめんなさい！」

そう言いながら戸を引き開けると、広い正方形の部屋の中央——いつも僕が布団を敷《し》いて寝ているあたりに、数人が円座《えんざ》になっていた。

一人は母様だ。今朝見たときと同じ、紅の小袖《こそで》。残りの四人はみな中年や老年の男で、白い作務衣《さむえ》に着替えていた。香《こう》のにおいがつうんと鼻につく。見た顔もいくつか混じっているけど、名前は思い出せない。この作務衣を着ていると、みな同じ貧相な顔に見えてしまうのだ。

朽葉嶺の屋敷に男が入ることは基本的に許されていない。母様が男のにおいを極端に嫌うせいだ。やむを得ない用件があるときには、この香を焚《た》きしめた白衣を着用する。

唯一の例外が、僕だ。

「マヒルさん、未申へお座りなさい」

母様が、遅刻に怒る様子もなく、艶然《えんぜん》と微笑んで言った。僕は首をすくめるみたいに小さく会釈して座に加わる。男たちはみな深々と頭を下げた。

「マヒル様、ご無沙汰しておりました。杉浦《すぎうら》建設の杉浦でございます」

「お久しぶりです。平内工務店の」

「お初にお目にかかります、トキワ建設の――」

にじりよらんばかりの勢いで自己紹介する会社重役たち。どれも伊々田《いいだ》市では幅をきかせている建設会社だった。脂ぎった顔に一斉に迫られて、僕は座ったまま後ずさりそうになる。くどくど挨拶されるのも面倒なので、四人の顔をさっと探った。

「……杉浦様、平内《ひらうち》様、それに韮沢《にらさわ》様、大河内《おおこうち》様、ですよね？」

「ご存じでしたか。どちらでお目にかかったのか……」

初対面の、トキワ建設の韮沢某とその隣の大河内某が顔を見合わせる。

「マヒル様は私どもの名前もご存じでしたよ、はじめてお逢《あ》いしたときに」と杉浦。

「ほう……それは……」

「挨拶は後になさいませ。座が乱れます」

母様がたしなめた。朽葉嶺《くちばみね》の主の一言に、男たちはびくりとして、円座《えんざ》を整え直す。

座の中央に置かれているのは、水をたっぷりと張った三脚の鼎《かなえ》だった。鈍く光る金属製で、一抱えくらいの大きなもの。四人の男たちはその鼎の四方に座り、母様は北東、僕はその向かい側の南西、少し鼎から離れた位置に控える。

母様の手が香炉《こうろ》を優しくなで、甘いような、青臭いような香りの煙があたりに漂《ただよ》う。

それから母様は、複雑な紋様《もんよう》と文字がびっしりと書かれた短冊《たんざく》を四枚取り出し、鼎の水に投げ込んだ。

水面にじっと目を注ぐ男たちの、喉《のど》が鳴るのが聞こえた気がした。

なるほど、入札だ。同席するたびにいつも僕はそう皮肉に思う。

伊々田市では談合さえ存在しない。公共事業の受注者は朽葉嶺が占いで決めるのである。奇妙な支配の形——小事は祭りの開催地から、大事は市長選挙まで、この町の選択はすべて、こうして僕の寝室に置かれた鼎の水の中で為されてきた。このばかばかしい儀式に、これまで何度つきあわされてきたかしれない。

男たちが身を乗り出す。水の中で、札の墨が溶け出し、濁っていく。

母様が手のひらをくぼませて水に差し入れ、すくって口に運ぶ。墨と紙が溶けた水の味で、どういう理屈から占いの結果が出るのか、僕にはさっぱりわからない。

と——そのとき。

だれが鼎を動かしたわけでもないのに、水面が波立った。水中の札から大量の泡が立ち、ついには鼎の縁から水がこぼれ出す。

「おっ」

うちだれかが声をあげた。社長たちが腰を浮かせる。僕ははっとして母様の顔を見た。

「お、お方様、これは……」「ふ、不吉な……」

うろたえる老人たち。僕もこんな現象ははじめて見る。なんだこれ？

「粛《シ》ッ」

母様が鋭い声を発した。その場の全員が凍りつく。

「マヒルさん。西に鴉がまぎれ込んでいます」

「……え？」

母様は香炉《こうろ》の一つを取り上げて僕に差し出した。

「西門にこれを。追い払います」

「お、お方様、そのような雑事ならわたくしめが」

平内某が口をはさんだ。

「あなた方は四方の枝。場を外しては占事が乱れます。マヒルさん。お急ぎなさい」

僕はわけがわからずうなずき、香炉を受け取って立ち上がった。祈祷所を出て廊下を走り、屋敷の西の勝手口から外に出る。

西門に、なにがあるって……？

普段は閉ざされている屋敷の西門の閂《かんぬき》を外し、重たい門扉を肩で押し開いた。通用門ではないので、すぐ外は鬱蒼《うっそう》とした竹林だ。すでに日没で、たっぷりと闇が溜まっている。動くものはない。僕は香炉を抱えてぶるっと震《ふる》えた。上着なしでは寒さがこたえる。

なにも変わったことはなさそうだけど……どうすればいいんだろう。ここに置いておけばいいのかな。

門柱の陰に香炉を置き、門をかけ、踵《きびす》を返して屋敷に戻ろうとしたとき、不意に背後でけたたましい羽音が聞こえた。

振り返った僕の目に、黒々とした闇の塊《かたまり》が映った。

門の屋根の上だ。もやもやとした闇がわだかまって——いや……

僕はじっと目をこらした。

門の上に腰掛けているのは、一人の女の子だった。来るときには気づかなかった。長い黒髪と真っ黒なコートが夕闇に溶けて、見えなかったんだろうか。いや、そんなわけがない。いくら暗くたって、だれかが門の上にいたら庭に出てすぐに気づく。

まるで。

たった今、空からそこに舞い降りてきた、みたいな——

少女と視線が合った。僕はごくりと唾《つば》を飲み込む。

あのとき、屋上から見つけた女の子だった。間違いない。こんなかっこうをして、スケッチブックを膝《ひざ》にのせ、おまけに肩に大きな鴉《からす》をとまらせている娘が他にいるはずがない。

だれ……だ？

「おまえ、わたしが見えているのか」

彼女が言った。低く、鋭い声。僕をにらむ両眼は黄色く光って見える。僕は後ずさりながらうなずいた。彼女はすっと腰を浮かせて、それから足下《あしもと》に目を落とした。

「におい、か。なぜ姿まで見える？」と、彼女はスケッチブックを閉じて口もとを隠す。

「だれ……？」

僕は彼女の顔を凝視《ぎようし》して、その名前を探る。

ざわざわと、虫の群れのような悪寒が脇腹《わきばら》を這《は》う。

こいつは人間じゃない。魔物だ。夜陰に乗じて鉤爪で人をさらいあげ凍てつく空を引き回し吹雪と雹にさらし大地に投げ捨てて殺す魔物だ。僕にはわかる。その名前は――


「――イタカ」


それは、僕の口からこぼれた言葉だった。彼女の眉がぴんと跳ね上がる。

「わたしの名前を――なぜ知っている？」

彼女は屋根の上で立ち上がり、僕を見下ろす視線は触れただけで指に血の筋が走りそうなほど研ぎ澄まされる。禍々《まがまが》しい羽音を散《ち》らして、少女――イタカの肩から鴉《からす》が飛び立つ。僕はびくりと肩を震《ふる》わせる。

なぜ知っているのかって？　そんなの、僕にだってわからない。

いつ頃からひとの名前が『視《み》える』ようになってしまったのか、僕にもわからない。生まれつきそうだったのかもしれない。幼い頃の僕は、はじめて出逢《であ》った人が名乗り合う理由がよく理解できなかった。名前なんて顔を見ればわかるというのに。

自分の方がおかしいということに気づいたのは、学校に入った頃だっただろうか。

それでも、これまではほとんど気にもしないで生きてきた。名前がわかるだけだ。それほど不気味なことじゃない。ひとよりも少しだけ目がいいとか耳ざといとか、その程度のこと。そう思っていた。

けれど、今の僕には、その娘の名前に——イタカというその言葉に、何重にも刻まれた呪詛《じゅそ》が見えた。木柱からその名をえぐり取る、無数のナイフのきらめきさえ見えた。寒気が全身を包み込む。なんだこれは。なんなんだ。

「……名前が『視える』のか」と、イタカが固い声でつぶやいた。僕ははっとする。どうして。なにも言っていないのに。

「七千年呪われろ、朽葉嶺《くちばみね》マヒル。その汚らわしい眼でわたしを視るな」

イタカは立ち上がって吐き捨て、スケッチブックを目の高さまで持ち上げて顔をほとんど見えなくさせる。僕はようやく、まともに息ができるようになる。

「な……」声はまだかさかさに涸れていた。「なん、だよ、おまえ」

何者なんだ。どうしてこんなとこにいる。そっちこそ、なんで僕の名前を。大量の疑問が喉《のど》につかえた。イタカは答えず、目を細める。

急にあたりが暗くなったような気がした。足下《あしもと》から、手首から、うなじから、熱が吸い出されていくみたいだ。目に映るなにもかもが、もやもやと闇の中にまぎれようとしているのに、イタカの目が、針のようになったぎらつく両眼だけが——

「……お兄ちゃん？」

背中に声がして、僕はほとんど痙攣《けいれん》するようにして振り向く。

勝手口に、亜希《あき》が立っていた。まだ制服を着ていて、サンダルをつっかけている。

「どうしたの？　まだ入札終わってないんでしょ？」

「え、いや、あの」

ようやく僕は、自分の心音が肋骨の裏側をごんごんと叩くように高まっているのを感じる。

襟にべっとりと汗の湿り気。

「お客様あんまり待たせちゃだめだよ、母様に叱られるよ」

亜希は冗談めかして言うと、近寄ってきて、僕の袖《そで》を引っぱる。

僕はもう一度門の方を肩越しに見た。

少女の姿は、あのときのようにかき消えていた。不意に強まった風が、ざあざあと竹林をかき鳴らしているだけだ。香《こう》の煙が吹き散《ち》らされて、薄まっていく。

まぼろしだったんだろうか。

そんなはずはない。僕の耳には、あの少女——イタカの声がしっかりと残っている。

あれはだれだろう。なぜ、魔物だ、などという考えが浮かんできたんだろう。

「……なにかあったの？」

亜希が僕の顔をのぞきこんでくる。そういえば、亜希は門の上にいたはずのイタカに気づかなかったのだろうか。見えていなかった？　それとも一瞬で消えたのか。

ひときわ強い寒気がこみあげてきた。

目に焼き付いたイタカの眼光を振り払うように、僕は亜希のそばを通り抜けて足早に屋敷の中に戻った。

第二章　短い冬の日

次の日、学校でもまたあの黒い影を見かけた。

四時間目の授業中のことだった。僕の席は窓際なので、いつものようにサッシに肘《ひじ》をついて、眠たくなるような教師の喋《しゃべ》りを聞き流しながら無人の校庭を眺めていた。ふと、体育倉庫のあたりで目が止まる。

小さなプレハブの屋根に腰掛けたその人影は、まるで巨大な鴉《からす》みたいだ。見間違うはずもなかった。スケッチブックを手にしているのもわかる。昨日のあの女の子だ。

いったい何者なんだろう。変な場所でばかり目につく。昨日も朽葉《くちば》嶺《みね》の屋敷で、なにしてたんだろう。今も——あれは、スケッチしてる最中なのか？

申し訳なさそうな教師の声が聞こえ、僕ははっとして黒板の方を向く。ごま塩頭の英語教師は、ご丁寧にも、何ページの何行目かを教えてくれた。立ち上がって音読し、着席した後でもう一度窓の外に目をやると、倉庫の屋根に黒い影はなかった。

また、消えた。

昼休みになり、僕は校舎を出ると、寒々しい裸の枝をさらした銀杏《いちょう》の樹の並びと塀との間を通って、体育倉庫のそばまで行った。やっぱり、あの娘の姿は見あたらない。

なにをスケッチしていたんだろう。振り向いて、あの娘が膝《ひざ》を向けていた先を思い出そうとする。女子校舎の方かな。

僕はため息をついて、倉庫の壁に背中をもたれた。

はじめてあの娘を見かけたときから、胸がざわついてしかたがなかった。不吉な予感。得体《えたい》の知れないなにかに、気づかないうちに背後から這《は》い寄られているような。

ぼうっとしていると、やがて校庭の方が騒がしくなる。昼食を終えてバスケットボールを手に遊びに出てきた男子生徒たち。午後からの授業のためにハンドボールのゴールを移動させている体育委員。

教室に戻ろうと、倉庫の壁から身体を離したとき、かすかに物音が聞こえた。

僕は踵《きびす》を返し、気配のした方――倉庫の裏手を、建物の陰からそうっとのぞいた。

ぎょっとした。生い茂った雑草の上、倉庫の壁際に、人影が横たわっていたからだ。黒髪もコートの裾《すそ》も、草の上にだらしなく広がっている。僕はしばらく立ちつくし、まわりを見回してだれも見ていないのを確かめてから、おそるおそる近づいてみる。

すう、すう、と規則正しい呼吸音が聞こえた。

ね、眠ってる？

唖然《あぜん》として、その穏やかな寝顔を見つめる。スケッチブックを大切そうに胸に抱え、倉庫の壁際に背中を押しつけるような不自然なかっこうで、その女の子は眠っていた。

僕はプレハブの屋根を見上げた。まさか、落っこちたのか？　とんでもない想像だったけど、屋根からずり落ちたまま眠ったのだとすると、ちょうどこんな体勢になるだろう。

どうしよう……。

校庭にいる生徒たちに見られないように小屋の陰に入って、彼女のすぐそばまで寄った僕は、草の上に投げ出された細い素足をちらと見て、あわてて目をそらし、悩む。このまま放っておいて教室に帰るのもどうかと思うし、かといって起こすのもためらわれた。なんかすごく気持ちよさそうに寝てるし。

僕が迷っていると、くしゅん、と彼女が小さくくしゃみをした。目を覚ますのかと思って僕がおろおろしていると、ぶるっと肩を震《ふる》わせて寝返りを打ち、また草に頰《ほお》を押しつけて寝息をたて始める。

ほっとして、その女の子の細い身体を見下ろす。黒いコートもよくよく見れば薄手で、スカートは短いために素足を太ももまでさらしている。すごく寒そう。

こんなとこで寝てたら風邪引くんじゃないだろうか。

さんざんためらった後で、僕は自分のブレザーを脱いで、彼女の腰から下にかけてやった。それから、少し離れたところに立っている銀杏《いちょう》の幹に寄りかかり、そのまま地面に腰を下ろす。自分でもなんでこんなことをしているのか、よくわからない。

「わからない、かい？」

不意に、自分の唇からそんな言葉が漏れた。

驚いて顔を横に向ける。《　》は木の幹の横に立ち、僕を見下ろしている。

眠っているとはいえ、こんなに近くにだれかがいるときに出てくるなんて。

でも《　》は僕のことなどおかまいなしに喋《しゃべ》る。

「わからないだろうね。私がそうさせたんだよ」

「え……？」

「その娘が気になっているのは君じゃなくて、私だ」

僕は口を開きかけて、そばで眠っている女の子のことを思い出し唇を噛《か》む。ちょっと待て。

こいつは今、なんて言った？　こいつが、そうさせただって？

と、《　》の姿はいきなりかき消えた。

「……う……ん」

鼻にかかった声が聞こえた。振り向くと、コートの背中がもぞもぞと動いている。やばい、目を覚ました。どこかへ隠れようか、なんて考えながらも僕が動けないでいるうちに、上半身がゆっくりと起き上がり、長い黒髪がはらりと肩から落ちて、白い顔をのぞかせる。

僕は、ぼんやりと薄目を開いた少女の顔を見つめて、はっとする。

名前が、視《み》える。イタカじゃない。

『藤咲《ふじさき》』——その下の名前が、わからない。

そんなことははじめてだった。名前がないわけじゃない。なにか黒いもやのようなものがかかっていて、名前の下半分が読み取れないのだ。別人なのか？　でも、たしかにこの顔だったし、こんな変なかっこうをしてスケッチブック持ってる女の子が二人もいるはずがない。

彼女の目の焦点が、じわりと僕の顔に合わせられる。僕は銀杏《いちょう》の樹に背中を押しつけてその視線を受けた後、「……お、おはよう」と思わず言ってしまう。

「おはようおあいまふ」

寝ぼけ眼をこすりながら回っていない舌で彼女はそう言うと、ぺこりと頭を下げた。

「もう……ちょっと、寝ててもいいですか」

「え？　あ、……ああ、うん」

よくわからないまま僕はうなずく。それを聞いた彼女は、再びぱたりと草の上に横になった。膝《ひざ》を曲げて猫のように丸くなり、僕のブレザーに潜り込む。

「わあ、なんか……あったかい。幸せ」

ほんとうに幸せそうな顔をして彼女は目を閉じる。僕はふうと息をついた。

「……って、わあああっ？」

素《す》っ頓狂《とんきょう》な声をたてて、彼女がいきなり起き上がった。驚いた僕は後頭部を木の幹にぶつけてしまう。

「な、なんでわたし、え、えっ？」

きょろきょろとあたりを見回し、彼女はうろたえる。それから、後頭部を手で押さえた。

「なんでわたし寝て……あ、いたたた。頭が。どうしたのかな二日酔い？　って、なんだろこのあったかい毛布みたいなの。わああ手触りいい」

「そこから落っこちたんだよ、たぶん」それと毛布じゃなくて僕の制服だそれは。

「え、え、えっ？」

先に相手がここまでパニックしてると、こちらはかえって頭が冷える。僕は冷静に、体育倉庫の屋根を指さして教えてやった。

「さっきまでそこに座ってスケッチしてたじゃんか。憶えてないの？」

彼女は背後の頭上を見やり、しばらくしてから「ああ、ああ」と息をつく。

「……そうでした。もう、イタカが徹夜ばっかりするから」

肩を落とし、まだ眠たげなまぶたをぐしぐしとこする。イタカが？　どういう意味だろう。

僕は思い切って訊いてみる。

「ねえ、藤咲《ふじさき》っていうのは苗字？　イタカって娘とは……双子かなにか？」

彼女は、少し引きつった顔で僕を見つめた。それから、うつむいて口を開く。

「え、え、ええと、その」

スケッチブックをぎゅっと胸に押しつけて、彼女は言った。

「イタカは、今は出てきてません」

「……え？」

「ここに、いるんです。でも、今は眠ってる。だから、今のわたしは藤咲です」

そう言って彼女は――藤咲は、さみしそうな微笑みを浮かべた。

＊

その日、帰宅してから、僕は夏生《なつお》に電話するかどうかかなり迷った。

やっぱりやめた。夏生も精神科は門外漢《もんがいかん》だろうし。携帯電話を机に置いて、部屋の書棚を見回す。いつも寝ているあの祈祷所とは別にある、僕の自室は、就寝《しゅうしん》スペースを気にせずにごたごたと本棚や収納ケースが置いてあるのでかなり狭い。親戚じゅうからもらってきた古い本を捨てずにとっておいているせいだ。朽葉嶺《くちばみね》は古い家系なので、占いやまじないや伝承を記した古文書が蔵に大量に眠っているのだ。でも、この件に関して役に立つ本はなさそうだった。

あのときの、藤咲の言葉を思い出す。

「あのう、カイリ性同一性しょーがいとかってやつではないですよ？」

解離性同一性障害――いわゆる、二重人格。

「ほんとに、べつなんです。わたしとイタカは。あ、あ、あ、ひどい、疑ってる目です」

藤咲《ふじさき》は僕のブレザーをばふばふと振り回して憤慨《ふんがい》した。僕はそれを引ったくって取り戻す。

「あ、あれ？　それ、マヒルさんの服？　え、えと、どうして？」

「いいじゃんそんなのは」

　僕はちょっと恥ずかしくなって顔をそむけ、ブレザーに腕を通す。

「……寒そうだったから。くしゃみしてたし。こんなとこで寝てたら風邪引くよ」

　藤咲の顔がかあああっと赤くなる。

「ご、ごめんなさい。……ありがとう」

「もうそれはいいよ。それより」

「は、はいっ？」

「昨日僕んちの門のとこにいたのは、きみなの？」

「そです。ええとあのう、その節はイタカが大変失礼なことを」

　急に藤咲は姿勢を正して草の上で正座すると手をついて頭を下げた。僕はのけぞりそうになる。やめてくれ。

「べつに謝ってほしいんじゃなくて。なにしてたんだよ。なんで僕の名前まで知ってるんだ」

　それから、おまえはだれだ。

　藤咲はなにかに追い詰められたみたいに顔を硬くして、視線をさまよわせ、何度か口を開きかけては言葉を呑《の》み込んだ。

「……このへんで」

やがて、目をそらしてぽつりと言う。

「女の子が、何人も殺されたの。知ってます……よね？」

僕はしばらく、ぽかんとして藤咲の斜めに向いた顔を見つめていた。それから、うなずく。

女子高生ばかりが狙われた、猟奇《りょうき》的な連続殺人。それが——どうしたんだ？

「イタカは、それを調べに来たんです」

「……え？」

僕は思わず藤咲をじろじろと見てしまう。こんな、僕と同じくらいの歳の娘が、殺人事件を調べてる？

「イタカは、そういうの専門の、探偵っていうか……」

「ちょっと待って。じゃあ、僕の家に来てたのはどうして」

まさか、事件になんか関係があるからってんじゃないだろうな。

「ええと」藤咲は視線を泳がせる。「よくわからないんです。イタカは、事件のことはあまりわたしに教えてくれないし」

なんだそれ。まるでイタカと藤咲が別人みたいな言い方じゃないか。いや、別人なのだって言っていたっけ。僕がさらに突っ込んで訊こうとしたとき、チャイムが鳴った。昼休みが終わる五分前の予鈴。校庭の方から、数人の足音が聞こえた。はっとして振り向き、倉庫の陰からのぞいてみると、体操着姿の女子生徒たち数人がこっちに走ってくる。午後の授業でなにか器具を使うのだろう。

向き直ったとき、藤咲《ふじさき》の姿は消えていたのだ。

自室の机に腰掛けて、そのときのことを思い出し、藤咲の言ったことを一つ一つなぞる。ひょっとしてあいつ、しらばっくれるためにイタカと自分がちがう人格だなんて言い出したんじゃないだろうな。イタカのやったことだから自分は知らない、みたいに。

いや、でも――。

自分のまぶたに手をやる。名前は、たしかに、イタカじゃなかった。

あれ？　じゃあ、そもそも二重人格ってのが嘘で、やっぱり双子かなにかなんじゃないのか。僕は腕組みする。一卵性双生児なら、同じかっこうをすればまず他人からは見分けがつかない。たとえば美登里《みどり》と千紗都《ちさと》なんかは顔が同じなのに加えて髪の長さも近いので、正月祝いでそろいの和服を着て黙っていると、狩井《かりい》の人間にはまったく判別できなかったものだ。もちろん十何年も一緒に暮らしていた僕は、名前なんて視《み》なくても区別ついたけれど。
二、三度見かけただけの双子なら、まず見分けるのは無理だ。
いや、そんなことはどうでもいいか。それよりも、あいつの言っていた、殺人事件のこと。調べるためにうちのまわりを嗅ぎ回っていた、というのなら――

ぱたぱたと廊下で足音がして、戸のすぐ外で立ち止まる。僕ははっとして、机から下りる。

「お兄ちゃんお兄ちゃんお兄ちゃん！　ご飯できたよ」

あいかわらずノックもせずに戸を開けた亜希《あき》が顔をのぞかせる。

「ひとを呼ぶときは一回」と僕はたしなめた。

「お兄ちゃん！　ご飯」

「言い直したら四回じゃんか」

「んちゃにおー」

「いや、逆から言っても回数減らないから」

「もう、なんでいっつも言葉責めするかな！」

人聞きの悪いことを言い出したので、僕はあわてて亜希を廊下に押し出した。

そういえば。あのとき亜希は、門の上にいたイタカになぜ気づかなかったんだろう。なにか見なかっただろうか。

でも、夕食の献立《こんだて》を節をつけて楽しそうに連呼しながら僕の二歩前を歩いている亜希の背中を見ていると、そんなことは訊けなかった。

＊

「それは、見えてるのがマヒルさんだけですから」と、藤咲は答えた。

翌日、三時間目の後の休み時間。校庭に人影はない。でも、僕らは体育倉庫の陰に隠れて、昨日と同じように壁と銀杏《いちょう》の樹にそれぞれもたれて座っていた。

「僕……だけ？」

「そう。見えないようにしてるのに。マヒルさんの眼が変なんです」

なに言ってんだこいつ？

「なんで今日も来るんですか。ほっといてくれればいいのに。これでも、秘密のお仕事なんですよ？　ほんとはだれにも見つかっちゃいけないんです」

藤咲《ふじさき》は上目遣いで言う。

「だって、また眠って落っこちそうになってたから」

「はうっ」と、藤咲は頭を抱え、「ごめんなさい。心配おかけして」また頭を下げる。

「いや……べつに心配してたわけじゃ」

ちょっとしどろもどろになる。どうも、こいつと喋《しゃべ》っていると調子が狂う。でも、なんだか気になるのだ。

こいつのこともあるし、あのとき《　　》が言っていたことも。

僕が体育倉庫の屋根の上にいる藤咲を見つけたのは、つい先ほど、三時間目の終わりのことだった。しかもなんだか、上半身がゆらゆらと前後に揺れていた。目をこらしてみて、藤咲が眠って舟を漕《こ》いでいるのだということに気づいた僕は、チャイムと同時にまた教室を飛び出していたのだ。

「最近徹夜ばっかりで。だからイタカが出てこられないんです」

「出て、こられない？」

なにか引っかかる言葉だった。

「イタカは不安定ですから。寝不足とか、怪我とか、病気とかすると、出てこられなくなっちゃいます。今はまだ大丈夫ですけど、急な用があるときなんか困りますから、わたしもいくらか代わりになれるように、こうして絵の練習してるんです」

「なんで絵なんだ」事件を調べに来たとか、昨日言ってなかったか？

「ええと？　それは、その」藤咲は目をぐるぐる巡らせる。「イタカは絵描きさんですから」

意味がわからなかった。事件現場とかをスケッチして資料にしてるんだろうか。いや、写真撮れば済む話じゃないのか、それは。

「あのう、それで……」スケッチブックを開きかけて、藤咲はもじもじと言う。「イタカからマヒルさんに伝言があるんです」

「え？　僕に？」

「あの、お、怒らないでくださいね？　イタカが、絶対に見せろって言ったから」

藤咲はスケッチブックのとあるページを開いて僕に見せた。そこには、ちょうど僕の部屋の天井画のような、曼荼羅《まんだら》じみたごちゃついた絵が茶コンテの荒々しいタッチで描かれていた。アフリカか南米のにおいのする、戯画《ぎが》化された化け物たちがぎっしりと絡み合っている。隙間なく並べたトーテムポールにも見えた。絵に込められた怒りが紙から陽炎《かげろう》みたいに浮き上がって見えた。その下の余白に『金輪際《こんりんざい》赦《ゆる》さない呪われろ』と書いてあって、僕はあんぐりと口を開けて固まる。

「な……」

「あ、あ、やっぱり怒った、ごめんなさいごめんなさい」

藤咲《ふじさき》はぱたりと草の上にスケッチブックを落とすと、頭を抱えて倉庫の壁際に後ずさった。

「いや、怒るっていうか……イタカこそ、なんでこんなに怒ってんのかわかんないよ」

いっぺん顔を合わせたきりなのに。あのときもかなりひどいことを言われたけど。

「……イタカみたいな人たちにとって、教えてもいないのに自分の名前を知られちゃうのってすごく気になるんですよ？　名前は、大事なものだから」

「だからって……」

「あ、あんまりイタカに怒らないであげてください。驚いてただけです、きっと」

「いや、だから怒ってないよ。意味わかんないだけで」

「でもマヒルさん目が怖い」

「それは絵がやたらと迫力あるから」

ラフスケッチにしてこの威圧感、かなり絵が巧いのはたしかだ。見ていると気分が悪くなってきたので、僕はスケッチブックをひっくり返した。すると、反対側のページには別の絵があった。たぶん校舎の屋上、フェンスの上にとまった一羽の鴉《からす》。

これって……

「こっちが藤咲の絵？」

「え？　わ、わかりますか？　わかりますよね。やっぱり。わたし、下手だから」

それはちっとも下手な絵じゃなかった。同じようにラフスケッチなのだけれど、周囲のほんのわずかな陰影のせいなのか、鴉の向こうに広がっている——なにも描かれていないはずの空が、夕映えに染まっているのがはっきりとわかった。

「いや……全然下手じゃないよ」

イタカの絵とは、タッチがまったくちがうのが一目でわかる。僕はこっちの方がずっと好きだった。それを言うと、藤咲はなんだか知らないけど顔を真っ赤にしてスケッチブックを隠してしまう。

「……で、でもっ、これはただの絵です。学校は美術科だったから、何年もやってればこれくらいだれでも描けます」

「学校……行ってるんだ」

ものすごく意外だった。こんな珍妙なかっこうをして、殺人事件を調べてるだの、別の人格が中にいるだの言ってるやつが？

「もう行ってないです」

藤咲《ふじさき》は、今にも溶けて消えそうな淡い笑みを浮かべる。

「イタカが出てくるようになってから、やめちゃいました。ほんとは美術の先生とかになりたかったけど、機関のお仕事をしないといけないし」

僕は思わず、藤咲の顔をじっと見つめてしまう。

「ど、どうしたんですか？」と、藤咲はスケッチブックでまた顔を隠す。

「え、あ、いや、ごめん」僕は視線をそらした。「学校、続けたかった？」

まるで独り言みたいに、訊いてみた。

「ええと？」

藤咲は目をくるくると動かす。

「続けられたなら、よかったけど……でも、しょうがないです」

しょうがない――か。事情はよくわからないけど。

そのとき、校舎の方からチャイムが聞こえた。四時間目のはじまり。

「あの、マヒルさん、教室戻らなくていいんですか」

「いいよ。さぼる」

ふうっと息を吐き出して、頭を後ろの木の幹に預けた。

「僕は、どうせ出席日数が足りなくたって進級できるんだ。朽葉《くちば》嶺《みね》だから」

「でも……」

「大学に行くわけでもないし。高校出たら家継いで、たぶん、どうでもいい接待とか、書類に判子捺《お》したりとか、お祭りで挨拶したりとか、そういうつまんない仕事することになる。僕が生まれる前から決まってたんだよ、そういうの」

なにを喋《しゃべ》ってるんだろう、と自分でも思った。昨日出逢《であ》ったばかりの、正体もよくわからない女の子を相手に。

たぶん僕は、怒るか馬鹿にするかしてほしかったのだ。学校に行きたくても行けない藤咲にこんな話をすることで。自分でもひどいやつだと思う。

でも、藤咲は僕を責めなかったし、怒りもしなかった。

かわりに、スケッチブックを握った手をもじもじと動かして、こんなことを言ったのだ。

「あの、ええと、じゃあ……マヒルさんに、頼んでも……」

「……え？」

「あ、いいえっ、なんでもっ、ないです」

スケッチブックの裏に隠れる藤咲。

「なに？　ちゃんと言ってよ」藤咲が、僕に頼み？

「気のせいです。きっとマヒルさんの空耳です。頼みがあるなんて言ってません」

「言ってるじゃんか」

「あああああ」藤咲《ふじさき》は頭を抱えて、草の上で丸くなった。忙しいやつだな……。

僕がため息をつくと、藤咲の頭がゆっくり持ち上がって、上目遣いのおびえた瞳がのぞく。

「……笑ったり怒ったりしませんか？」

「しないよ。なんで？」

「ええと、それじゃあ」藤咲は、膝《ひざ》に目を落としてつぶやいた。「……絵のモデルに、なってください」

＊

その日から僕は毎日、午後の授業をほとんどさぼって藤咲のスケッチにつきあうことになった。場所はずっと体育倉庫の裏だ。

「イタカは、人物画をもっと練習した方がいいって言うんです。知ってる人を描けって」

倉庫の壁に寄りかかって、スケッチブックのページの上でひっきりなしにコンテを持った手を動かしながら、藤咲は言う。

「どうして？」

銀杏《いちょう》の樹にもたれたまま僕は訊く。昨日までと変わらない姿勢なのに、やはりなんとなく緊張する。藤咲は、少しぐらい動いてもいいと言ってくれたけど。

「絵が認識を変えるとか、認識が絵を変えるとか……イタカの話は難しくてよくわかんないです。とにかく、認識してる人を描かないとだめだって」

　ほんとに意味がわからない。

「でも、わたし知り合いは猫と鴉《からす》しかいないから」

　そんなことを言って微笑む藤咲を見てると涙が出てきそうになる。本気で言ってんの？　でもたしかに友達いなさそう。ひとのことは言えないけど。

「事情はよく知らないけど。友達いないのもイタカのせいなんでしょ。腹立たない？」

　普通に学校に行っていれば、友達くらいできただろうに。

「んん？　そう……ううん」藤咲はちょっと返答に詰まった。「でも、イタカがいないとみんな困りますから。わたしとイタカは半分ずつだし、しかたないです。ここにこうして来てるのも、なにかあったときにイタカがすぐに動けるように、だし」

　なにかあったとき。この学校で、ってこと？

「わたしがずっと気づいてなかっただけで、イタカはわたしが小さなときから一緒にこの中にいたんだって。きっと、神様かだれかがくれた仕事なんです。イタカを背負って歩くこと」

　どうしてこいつは平然と、スケッチする手すら止めずに、こんなことを言えるんだろう。

「マヒルさんは？」

「え？」

「イタカからちょっと聞きました。あのおっきな家を継がなきゃいけないんだって。わたしとちがって、お仕事も大変そうです」

「そんなことないよ。藤咲《ふじさき》みたいに、だれか困るからとかそんなんじゃない。ただ、最初から決まってたことだから」

　自分ではなんにもしていないのに、ただ乗っている列車が勝手に次の駅へ、次の駅へと僕を運んでいく、その薄ら寒さ。これはたぶん、藤咲の感じているものとはちがう。

　気づくと藤咲と視線が合っていたので、僕は恥ずかしくなって、けれど頭を動かすわけにはいかず、彼女の胸元に視線を落とす。

「たまに考えるけど。僕が家を継いだら滅茶苦茶やって資産も全部使い潰してやろうかって。図書館だらけの街にするとか」

「あ、じゃあ動物園作りましょうっ、遊園地のくっついてるやつ」

　いきなり顔を輝かせて藤咲は言う。

「どっちもあんま好きじゃない」と僕が答えると、しょんぼりと肩を落とす。黙々とコンテを動かしているうちに藤咲は涙目になる。おい、泣くなよこんなことで。

「……わかったよ。野良《のら》猫と鴉《からす》をいっぱい集めて動物園を作ってあげる」

「そっ、それ動物園じゃないです！」

　いや、冗談だから。本気でむくれる藤咲だったが、僕をにらみながらスケッチを続けているうちに破顔《はがん》する。

「きっと、マヒルさんは優しすぎるんです」

いきなりそんなことを言われて、僕は面食らう。

「……え？　僕が？」

どこがだ。自分でいうのもなんだけど、ろくでもない性格をしてるってのに。

「だって、こうして相手してくれます」

「いや、そんなことで――」

途中で言葉を呑《の》み込み、ああなるほど、と僕は思った。

こうしてスケッチにまでつきあっているのは、そのためか。単純な話だ。

もうすぐ継嗣会《ひさねえ》で、これまで一緒に暮らしてきた兄妹もばらばらになってしまいそうで、そこで僕はようやく気づいたのだ。話し相手がいない、ってことに。

だから、たぶん、優しすぎるのはこの娘の方だ。

いや、優しい、とはいわないのか？

お互いに黙り込んだ僕らの間に、コンテと紙がこすれ合う乾いた音だけが響《ひび》いていた。

優しい、という言葉でもいいような気がしてきた。

ずっと十一月のままで、藤咲の言っている事件なんてなにも起きなくて、絵が完成しなければいい。毎日ここに通ってばかな話をしながら、この優しい音を聴いていたい。そんなふうに僕は思い始めた。

＊

でも、終わりは突然やってきた。何日か後の昼休み、僕が体育倉庫の裏に行くと、藤咲《ふじさき》の姿はなかった。おかしいな。さっき教室の窓から、校庭の端を歩いてる黒い人影が見えたんだけど。いつものように樹の根元に腰を下ろそうとした僕は、それに気づく。

倉庫の壁際の地面、握り拳くらいの大きさの石を重しにして、なにか白いものが置いてある。拾い上げてみると、それは破り取って折りたたんだスケッチブックのページだった。

開いてみると、茶色コンテのざらざらの字で、こう書いてあった。

『昨日、イタカから事件のくわしいことを聞きました。
もうマヒルさんとはあわない方がいいと思います。
ありがとう。楽しかったです。ごめんなさい』

僕はひんやりと冷たい倉庫の陰にしゃがみ込んで、その文章をずっと見つめていた。しばらく、なにが書いてあるのかよく理解できなかった。

藤咲はいなくなってしまった。

　この場所はこんなに寒かっただろうか。そんな、どうでもいいことが頭に浮かぶ。そういえば今日から十二月だ。かさかさに乾いた風が冬枯れの草を揺らした。僕は紙をまた元通りに折りたたんでポケットに入れると、ここで過ごした日を数えた。一週間。

　藤咲は、いなくなってしまった。

　ようやくそのことが呑《の》み込めた。でも、どうして立ち上がれずにいるんだろう。ずっと遠くの方でチャイムが聞こえた。気づけば昼休みが終わっている。どのくらいこうしてかがみこんでじっとしているのか自分でもよくわからなくなってきた。

　いつの間に、藤咲と過ごす時間を、こんなに大切に思うようになっていたんだろう。正体もよくわからない女の子だったのに。

　ひょっとして、あの娘は僕の頭が勝手に創り出したまぼろしなんじゃないだろうか。そう考えたとたん、寒気がやってきて、僕は首をすくめる。

「そんなことはないよ。彼女はたしかに存在していた。私が保証する」

　そんな言葉が、自分の唇から漏れ出るのを聞いた。

　顔を上げなくても、すぐそこに——かつて藤咲がいつも腰を下ろしていたあたりに、あの白髪の男が立っているのがわかった。

　ああ、そうか。

　僕には、あんたがいたっけ。

「もっとも、私に保証されても信用できないだろうが。君は私のことだって自分の頭が勝手に創り出した幻だと思ってるだろうからね」

「へえ」思わず、苦笑してしまう。「ちがうの？」

「ちがうよ」

自分の口から、《　》の即答する言葉が吐き出され、僕はぞっとして顔を上げる。男はすぐ目の前に立っていて、僕を見下ろす顔は長い白髪の作り出す影に沈んでいてよく見えない。

今、なんて言った？　こいつは——いや、僕は。

「ああ、おびえているね。そう、私が見たかったのはその顔だ。今まで君は、私のことを自分の意識にできた腫瘍《しゅよう》かなにかだと思っていただろう。なにせ自分にしか視《み》えないし、自分の口を使って喋《しゃべ》っている。でも、それは間違いだよ。どうして気づかなかったんだい？　ここ数日は毎日のように、この場所で、同類と顔を合わせていたというのに」

僕は《　》の言葉を遮《さえぎ》ることができなかった。

同類。藤咲《ふじさき》が？

そう、彼女は言っていた。自分の中にイタカがいる、と。いや、でも——

「君は自分が彼女に逢《あ》いたいから毎日ここに足を運んでいたと思っているだろう。でもそうじゃないんだよ。前に言ったね？　私が、あの女を気にしていたんだ」

嘘だ、そんなの。でも、僕の口はほとんど《　》に支配されていて、僕の言葉はむなしく喉《のど》を引っ掻《か》くだけだった。

「けっきょく、何者なのかはわからなかった。でも一つだけわかることがある。イタカがまた出てきたんだ。動き出したってことだよ。だから——」

白髪の男の姿は、ふっと消えた。その最後の言葉が、あいつのものなのか、それとも自分のものなのか、僕にはわからなかった。

「——だから、きっとなにかひどいことが起きる」

第三章　凍りついた血

その日の夕食の後、薬房で香《こう》を練っている間も、僕の頭の中では藤咲《ふじさき》のことや《　》の言っていたことがぐるぐると回っていた。むせ返るような強い薬香の中では、頭がぼうっとしてくる。

なにかひどいことが起きる。不吉な言葉。ひどいことならもう起きたじゃないか。藤咲がいなくなった。これ以上なにがあるっていうんだ。僕はあいつにそう質《ただ》したかった。でも、いつだってあの男は僕の意志とは無関係に現れる。訊きたくても訊けない。

いや、待てよ。なんだよそれ。それじゃまるで、あいつの言った通り、僕とは別の人格だとかいう戯言《ざれごと》を認めてるようなものじゃないか。

「……お兄様、もっとちゃんと固めてください」

隣で声がして、僕は我に返る。薬包を畳む役目の美登里《みどり》が、頬《ほお》をふくらませていた。乾かして粉にした香を油と練り合わせて丸めるのだけど、僕がやったぶんは練りが足りないのか、みんな形が崩れてしまっていた。

「お兄様はいつも集中力なさすぎです。もう、こんなにこぼして。このにおい、洗っても落ちないんですよ？」

美登里はそう言って、僕のジーンズの太ももを濡《ぬ》れたふきんで拭く。

「あ……ご、めん」

「美登里ちゃんがお嫁に選ばれたらお兄ちゃんたいへんだね。毎日怒られるよ」

鉢で香料をすり潰していた亜希《あき》が楽しそうに言った。

「でもさ亜希、あたしらが選ばれちゃったら料理とか洗濯とかどうすんの」

奉書紙《ほうしょがみ》に載せた木片を蝋燭《ろうそく》の火であぶりながら、奈緒《なお》が言う。

「そうだね。母様もお香の作り方しか教えてくれなかったけど、どうするんだろう。美登里ちゃんはなんでもできるけど……」

「ああ、千紗都《ちさと》が前から料理習ってたのってそのためか。あたしもやっとけばよかった」

「ち、ちがっ」

千紗都は詰め替え途中の匂い袋を落っことす。

「ちがうの。兄様のこととか関係ないってば」

「でもマヒルの好きなもの美登里に訊いてたじゃない」

「奈緒ちゃんっ」

千紗都は真っ赤になって、奈緒の肩を平手で叩いた。

「やめっ、危ないってば火使ってるのに」

どう止めに入っていいのかわからない僕は、乳鉢《にゅうばち》を抱えたまま呆然《ぼうぜん》とする。

少し、安心している自分に気づいた。僕の家族の、いつもの光景。もうすぐばらばらになってしまうかもしれないけれど、少なくとも今、ここにみんないる。それがどれくらい暖かいことなのかは、いなくなってみないとわからない。だって僕はけっきょく藤咲《ふじさき》にありがとうの言葉も返せなかった。

「あたしは、どうせ……無理だから」

むすっとして顔をそむけた千紗都《ちさと》が、いきなり言った。他の全員の視線が集まる。

「無理って……なにが？」亜希《あき》が千紗都の顔をのぞきこもうとする。千紗都はそれを振り払うように立ち上がった。

「あたしはどうせ占いで選ばれないから」

僕たちは顔を見合わせた。

「どして？」

亜希は膝《ひざ》歩きで千紗都の前に回り込もうとする。千紗都はただ首を振るだけなので、亜希は困った顔を僕に向けてくる。

「ええと。でも」なにか言わなきゃ。そう思って、僕は口を開いた。「……千紗都の作る揚げ出し豆腐はけっこう美味しいよ？」

「そんなことじゃなくて！　兄様のばか！」

千紗都は匂い袋を僕の顔に投げつけると、走って薬房を出ていってしまった。

足音が廊下の向こうに消えてしまった後も、しばらく僕は後ろ手をついて呆けていた。

「……お兄様はほんとにフォローが下手です」

美登里《みどり》がぽつりと言う。

「え、え、僕が悪いの？　だって、意味わかんないよ」

僕は、戸口の外の廊下に溜まった闇を見やる。なんだろう、千紗都は最近様子が変だ。わけもなく怒り出すのは昔からだったけど。

「たぶんね、千紗都ちゃんは生理不順」

「亜希ちゃんそういうこと言わないの」

美登里にたしなめられて、亜希は首をすくめる。しかし、十数年女だけの家で育ってきた僕はそういう話には慣れていた。

「珍しいね。みんな大丈夫なの」

「うん。あたしらは平気」

この四姉妹は(そしておそらく母様も)月経《げっけい》周期がぴったりと一致することを僕は昔から知っていた。その五日間ほどは、屋敷の中に異様な雰囲気が立ちこめ、きつい香《こう》が廊下のあちこちで焚《た》かれるからだ。

「でも、選ばれないってどういうことだろ」

僕がつぶやくと、亜希《あき》は首を傾げた。それからみんな一様に黙り込む。しかたなく僕も、ただ黙々と香《こう》を仕込む手作業だけを続ける。

千紗都《ちさと》は、跡継ぎに選ばれるのがいやなんだろうか。

考えてもみなかったけれど、当然のことだった。僕だって、家族同然だった四人のうちのだれかと結婚しなきゃいけない羽目になって──昔から決められていたことだけど、ようやくそれが現実的に思えてきて、戸惑ってるのだから。

千紗都だって同じように思っていても不思議じゃない。千紗都だけじゃなく。僕はそうっと亜希と美登里《みどり》と奈緒《なお》の顔を見回す。

「お兄ちゃんどうしたの？」

目ざとい亜希が、僕の顔をのぞきこむ。

「ん。んん」僕は言葉に詰まった。

でも、訊くとしたら今のうちじゃないだろうか。訊いてどうなるものでもないけど……

「みんなは、いやだったりしない？」

亜希はきょとんとした顔。奈緒は眉をひそめて首を傾げ、美登里がようやく「なにがですか」と訊き返してくれる。

「いや、だから、勝手に結婚相手決められてさ」

奈緒と亜希が顔を見合わせた。それから、奈緒の意地悪い笑み。

「マヒルはどうなの。いやなの？」

「そう。お兄ちゃんの気持ちがまず大事。だってあたしたちは確率四分の一だけど、お兄ちゃんは必ずだもん」と亜希《あき》も言ってきたので僕は閉口する。話がすぐに跳ね返ってくるとは思ってもみなかった。

「え、いや、だから……」

美登里《みどり》まで「わたしも一度、ちゃんと聞きたいと思ってました」なんて言い出すので弱り切って、一所懸命ごまかしの言葉を考えていると、僕のポケットでぶううんという音がした。助かった。電話だ。母様が電話の着信音をひどくいやがるので、いつも携帯しているのだった。

取り出してみると、夏生《なつお》からだ。

「はい？　なに？」

『マヒル、夕飯はもう済んだ？』

「うん」

『そっか。じゃあ今からうちに来られるか。診療所の方』

「どして」

『たまには顔出すっつって全然来ないじゃんかよ。俺も大学の方の用事が今日やっと終わったんだよ。こんな日にじいさんたちと酒飲みたくないよ』

「ああ、ごめん……今お香《こう》練ってるから、ちょっと遅くなっちゃうけどそれでよければ」

電話を切った。話題そらしに効果覿面《てきめん》だった。夏生に呼ばれたから急いでやっちゃおう、と言って僕はみんなを急かした。

継嗣会《ひさねえ》前に作りためておかなければいけなかったので、その日のぶんを終える頃にはもう夜の九時を回っていた。乾燥棚に薬包を並べると、僕はジャンパーを羽織って玄関に向かった。

「お兄ちゃん、狩井《かりい》の家に行くの？」

玄関口で亜希につかまってしまった。

「うん。夏生に呼ばれてるから。なにか足りない薬ある？」

「頭痛薬が切れてた、かな」

「わかった。もらってくるよ」

「ついでに検査の結果聞いてくるの？」

「いや、僕には教えてくれないだろ」

「いちばん胸が育ってた子をお兄ちゃんが選ぶんじゃないの？」

「亜希っ」

僕は靴紐を結んでいた手を止めて、隣に寄ってきていた亜希の頭をぽんと叩いた。まったくこいつは、いつも不意打ちで人聞きの悪いことを言う。

「だって、お嫁になったら赤ちゃんたくさん育てなきゃいけないし胸は大事じゃない？」

「だから僕が選ぶんじゃないってば」

僕は立ち上がる。亜希《あき》はちょっとむっとした顔で、上がり框《かまち》の段のところに腰を下ろして、僕の胸のあたりを見上げた。

「さっきの答え、ちゃんと聞きたい」

「さっきのって」

「お兄ちゃん、あたしたちと結婚するのがいやなの？　だれならいいの」

僕はため息をついて、亜希の隣に腰を下ろした。

「そういうわけじゃなくて。……なんか、心の準備ができてないっていうか」

「十六年もあったのに？」

可笑《おか》しそうに亜希は言う。

「いや、まあ、そうなんだけど……なんだよ、じゃあ亜希は心の準備できてたの？」

「できてたよ」

僕は唖然《あぜん》として亜希の横顔を見つめた。こちらを向いて微笑んでくるので、あわてて自分の足下《あしもと》に目を戻す。

「ずっと小さい頃に母様からお話聞いて、そのときお兄ちゃんと結婚するって決めた。奈緒《なお》ちゃんも、美登里《みどり》ちゃんも千紗都《ちさと》ちゃんも、みんなそうだよ？　そうでなきゃ、一緒に暮らせないよ」

「え……」

「お兄ちゃんも、占いでお婿《むこ》になるって決まったんだよね」

僕はぼんやりとうなずく。

狩井《かりい》の家は大まかに四つの支系に分けられ、どの家から朽葉嶺《くちばみね》への婿を出すかもまた、あの占事によって決められる。婿だと決められたのは、僕が生まれるずっと前のことだ。

「だからね、きっと占いは神様がちゃんと見てくれてると思うの」

亜希は笑った。

「お兄ちゃんでよかった。他の人だったら、あたし家出してたかもしれない」

さっと立ち上がった亜希の髪先が僕の鼻に触れて、甘く苦い香りを残す。

「じゃあお兄ちゃん、狩井の家でお酒とか飲んじゃだめだよ？　カボス茶つくって待ってるね、さっき美登里ちゃんに教わったの。一緒に飲も？」

「……うん。ありがと」

ぱたぱたという亜希の足音が廊下の奥に消えてしまってからも、僕はしばらく冷たい床板にじっと腰を押しつけていた。

なぜかそのとき、藤咲《ふじさき》のことを思い出す。彼女も、神様がくれた仕事だと言っていた。それがあきらめなのか、それとも心の底から受け入れていたのか、けっきょく僕にはよくわからなかった。ただ、僕みたいに流されていなかったのはたしかだ。

みんな、ちゃんと決めていて、僕だけ流されている。そんな気がした。

「流されてるののなにがいけないんだ？」

夏生《なつお》は少し冗談めかして言った。コーヒーの入ったマグカップを手渡してくれる。

懐かしい消毒液のにおい――狩井《かりい》の屋敷の離れにある診療所。母屋の方に顔を出すと親戚一同がうるさいので、僕はこっそり庭を横切って忍んできたのだ。夏生も、わずらわしい狩井家の人々から離れられるので、ここが好きなんだそうだ。

「……いけなくないかな」

「だっておまえ、空飛べって言われたら困るだろ。水中で呼吸しろって言われても無理だろ。人間にはできる事とできない事があるんだから。おまえは今まで、できない事をやってなかったってだけだよ。これからもそうだ。だから気にするなよ」

俺もな、と夏生は笑って、診察用の机に尻をのせ、コーヒーを一口すする。僕が腰掛けているのは合成皮の硬い寝台だ。卓上スタンドの頼りない光だけが僕らを照らしている。

「登喜雄《ときお》さんも、こんなこと考えてたのかな」

「ちゃんと父様って呼べよ」

「無理だよ。だってほんとの父親じゃないし、そもそも顔も憶えてないし」

　登喜雄というのは、母様の夫――僕の許嫁《いいなづけ》たちの父親だった。つまり、二十年ほど前に僕と同じ立場にあった狩井生まれの婿《むこ》。僕が物心つく前に病気で亡くなったと聞いている。生きていたら色々話を聞けたのに、と僕は思う。

　夏生はどこからかブランデーの壜《びん》を取り出して、どぼどぼと自分のコーヒーに入れた。

「それ半分くらいブランデーじゃない？」

「寒いんだよ。今年の冬は厳しそうだし、もしかしたら雪降るかもな」

「降らないよ。降ったら大騒ぎになる」

　ここ伊々田《いいだ》市は、なぜか降雪の記録がまったくない。雨も少ないのだそうだけれど。タイヤチェーンとか雪かき用具なんかを扱っている店もほとんどないので、もし降ったら町中大混乱になるだろう。

　でも、一度くらいはほんものの雪を見てみたいな。そんなことを考えていたら、急に寒気がしみてきて僕はぶるっと震《ふる》える。小さな電気ストーブ一つきりなので、ひどく寒い。

「おまえもちょっと入れるか？」と夏生はブランデーの壜を振る。

「僕、まだ未成年なんだけど。ていうか診療所にお酒なんて持ち込んじゃだめでしょ？」

「堅いこと言うなよ。ちょっとつきあえ」

「お酒なんか飲んだら、母様がすぐにおいで気づくよ」

「あ、そうか」

夏生《なつお》は、診療机の下に潜り込んでなにかごそごそし始めた。

「ほら、ここ、隠し戸になってんだ。床と区別つかないだろ。ここに隠してあったんだ。前に使ってたのは西家の大伯父さん、憶えてねえか、だいぶ前に死んじゃった人。大酒飲みだったからなあ。こっそりここでも飲んでたんだろうな。はは、この診療所任されて唯一よかったと思ったのはこれだな。かなりいい酒なんだよ」

「夏生は、そのまま医者になっちゃおうとか思わなかったの」

「ちっとも。だって、そもそも俺が医学部に行ったのは朽葉嶺《くちばみね》のためだ。外の医者には任せられないからな」

「そうか。そうだったね」

「おまえぐらいの歳のときには、家を出て独り立ちしようとかも考えたよ。だって普通に考えてこんな家おかしいだろ」

僕は熱いマグカップを両手で握りしめて夏生の顔を見つめた。驚いていたので、すぐに言葉が出てこなかった。

「……夏生もそんなこと思ってたんだ」

「ああ。でも、医学部に入ったってのは、つまりあきらめたってこと。おまえは狩井《かりい》の家にいなかったから、知らないだろうけどな」

夏生は弱々しく笑う。

「なにを？」

「色々、さ。どうして俺たちは逃げられないのかって話」

どうしたんだろう。夏生も今日は変だ。遠い目をしている。まるで僕じゃなくて、何年も前の子供だった頃の自分に喋《しゃべ》りかけているみたいに見える。

「……この診療所、狩井の家で医者になった人間がずっと受け継いで使ってきたんだ。俺の前は大伯父さん、その前は北家の人だったかな。俺もこの部屋に入り浸って色々読みあさったよ。昔からずっと同じこと繰り返してきたんだな、この家は。そういうのを知ったら、もう出ていこうなんて気は失せたよ」

「伝統とか……そういうこと？　継がなきゃいけなくて、それで」

夏生は薄く笑って、首を振った。

「そうじゃない。そんな教科書にでも載ってるような話じゃないよ。朽葉嶺は、もっと——」

そこで言葉は途絶《とだ》えた。夏生は、机の上の分厚い封筒を取りあげ、手の中で重みを確かめるように何度かひっくり返した。大学名が印刷されているところを見ると、たぶん亜希《あき》たちの検査結果だろう。

話ってのは検査結果のことなんだろうか。

「あのさ、マヒル」

「……うん」

僕はぐっと唾《つば》を飲み込んで寝台に座り直した。夏生《なつお》の声が、床に埋まってしまうくらいに沈んで聞こえたからだ。

「これ、だれにも言うなよ」

「……なに」

「おまえは、ちがうんだ。おまえだけは――ちがう。逃げられるんだ」

夏生は封筒に目を落としたまま言う。

「おまえは朽葉嶺《くちばみね》の婿《むこ》だろ。おまえだけは、ここから出て行ける」

「どういうこと？　僕が……出て行っても、他の分家から代わりが来るから、ってこと？」

「そうじゃない。そういうことじゃない。朽葉嶺には婿なんて必要ないんだ」

僕は言葉を失う。

「だから、もし、おまえが出ていく気があるなら、俺が使おうとしてた不動産屋を紹介する。俺の名前を出せば、保証人なしで県外の部屋を世話してくれるはずだ」

夏生は、ＹＫ不動産というその不動産屋の名前と、住所、それから電話番号までを酒壜《さかびん》のラベルにボールペンで書いて、ぐっと僕の方に押してよこした。僕は困惑《こんわく》して首を振る。

「なんでいきなり。わかんないよ。だってお金とかどうすんの」

「なんとでもなるだろ。おまえ名義《めいぎ》で動かせる口座だっていくつかある」

「そうだけど……」夏生は本気だったんだ、と思った。本気で、狩井《かりい》の家を出ていくことを考えていた。それじゃあ、どうしてあきらめて主治医になったんだろう。ぼうっとしてばかりの僕なんかより、ずっと覚悟があったはずなのに。

夏生はいきなり封筒を机に投げ出し、はぅっと息を吐き出した。

「……悪い。忘れてくれ。なんでもない」

「なに？　ちゃんと言ってよ。その話のために僕を呼んだんでしょ？」

「いや――」

夏生は再び机の上の封筒に手をやり、口ごもった。

そのときだった。

夜を引き裂いて聞こえる、悲鳴。

僕と夏生はほとんど同時に、跳ねるように立ち上がった。まるで幻聴《げんちょう》ではなかったことを確かめ合うように、顔を見合わせる。

「今の……」

「上の方から……か？」

僕らが診療所の外に出ると、広い庭を挟んでうっそりとそびえる狩井の屋敷の前に、すでに数人の人影があった。

「夏生。聞こえたか」とだれかが呼びかけてくる。

「嶺様の方じゃなかったか」

「行ってみよう」

懐中電灯の光と、大勢の足音が闇の中で乱れた。僕は狩井《かりい》の人たちの背中を追い抜いて坂道を走った。さっきの悲鳴がまだ掻《か》き傷みたいに耳に残っている。そこに浮かぶ、《　》の不吉な言葉。なにかひどいことが起きる。

なにが。なにが起きた？

暗闇の中に、てらてらと光る、より濃い闇が広がっていた。

坂を登り詰めた先、朽葉《くちば》嶺《みね》の屋敷の正門。駆けつけた狩井の者たちの中でただひとり入ることを許されている僕は、門をくぐり、石畳の上でなお広がり続けているそれを目にして立ちすくんだ。

一面の、赤黒い血。

そのただ中に、仰向けに倒れた小さな人影。切り裂かれた服はほとんどが血に沈んで、少女の目はうつろで、だから、僕にはそれがだれなのか一瞬わからなかった。

足下《あしもと》に、なにかが転がっているのに気づく。小さな魔法瓶だ。蓋が外れて中身が残らずぶちまけられ、血と入り交じって、それでも湯気を立ち上らせ、僕はその中にかすかな柑橘類のにおいを感じ取る。カボスの香り。

ああ、じゃあ、これは……

亜希《あき》、なのか。

「……マヒル！」

声がして、見上げると、玄関口に女の姿。二人、三人、僕の中で意識が混濁し始める。みんな同じ顔をしている。なんだこれは。血の中で倒れている、さっきまで亜希だったはずのもの。同じ顔。

どうして、亜希が？

なんだこれは。なんなんだこれは。

背後であわただしいいくつもの声がした。ようやく、僕の腕が震《ふる》え始めた。

「警察を」「夏生《なつお》、救急車だ」

「なりません」

僕の脇を、声がさっと通り抜けた。紅の小袖《こそで》、夜風に流れる長い黒髪。

「し、しかし、お方様」

うろたえる狩井の人たちの前に、母様が立つ。あくまで侵入を拒むかのように。

「……もう、死んでいます。伊々田《いいだ》署に連絡を。署長に。それから氷水と抹香《まっこう》をできるだけ用意なさい。ひどいにおいです、流さなければ」

僕は呆然《ぼうぜん》として、その背中を見つめていた。今聞いた言葉が信じられなかった。なにを言ってるんだこの人は、こんな、こんなときに……

「ゃぁあああああああっ」

玄関口の方でもう一度悲鳴が聞こえ、どさり、という音がそれに続く。

「美登里《みどり》ちゃん！」

振り向くと、失神した美登里が石畳に崩れ落ち、千紗都《ちさと》の脚に寄りかかるようにして倒れるところだった。

「マヒルさん、千紗都と奈緒《なお》と美登里を中へ」

母様の冷たい声が響《ひび》いた。それでも僕はしばらく動けなかった。氷結していくような夜気の中に立ちつくして、光を失った亜希《あき》の目にじっと意識をつなぎ止められていた。

＊

布団の上に横たわった美登里の寝顔は蒼白で、僕はどうしようもなく先ほど見た亜希の死に顔を思い出してしまい、目をそむける。

外の騒がしさが、ここ美登里の寝室まで聞こえてきていた。僕が立ち上がると、布団の脇に並んで座っていた千紗都と奈緒がそろって顔を上げる。

「……マヒル、どこ行くの」

普段の奈緒《なお》からは考えられないくらい沈んだ声。

「外、見てくる」

「兄様、行っちゃやだ」千紗都《ちさと》がしぼり出すような声で言った。

「でも、母様だけに任せておけないよ」

千紗都は、布団から放り出された美登里《みどり》の手をぎゅっと握りしめる。いたたまれなくなった僕は、さらになにか言おうとした奈緒を無視して部屋を出た。

屋敷じゅうにきつい香《こう》が焚《た》かれ、煙たい。足の裏が切れそうなほど冷たい廊下を歩いていると、玄関に近い客間の一つに明かりがともっているのが見えた。だれか男の声も聞こえる。

「嶺様のご事情は理解しておるつもりですが、なにとぞ。わたくしどもといたしましても、検死をしないわけには」

「なりません。朽葉嶺《くちばみね》の者をそのような。すぐにも密葬《みっそう》します」母様の冷たい声。

「いやしかし」

「お方様。お気持ちはわかりますが、ここは――」

これは、僕の父親の声だった。狩井《かりい》の現当主。生まれてすぐに引き離され、ほとんど顔も合わせずに育ったので、肉親だという認識がまったくない。

開いた客間の戸口から、中が見えた。上座に座った母様の手前に、あの白い作務衣《さむえ》姿が四人ほど並んでいる。警察も、作務衣の着用でようやく屋敷への立ち入りを認められたのだ。でも亜希《あき》のことに関しては、母様は一歩も譲《ゆず》るつもりはないらしい。

検死。犯罪——なのだ。殺人事件。

僕は唇を噛《か》みしめ、足音を忍ばせて通り過ぎた。

夏生《なつお》は玄関のすぐ右手にある広間にいた。作務衣を着た警察官らしき数人と話している。事情聴取だろうか。なんだか冗談みたいな光景だなと僕は思った。死人が突然大勢湧いて屋敷をうろつき回っているみたいだ。

「マヒル、美登里ちゃんは大丈夫だったか」

夏生が気づき、腰を浮かせて言った。僕はうなずき、そっと広間に踏み込む。

「……あ、あの、こちらは」

若い刑事らしき男が訊いた。僕が作務衣ではなく普段着なのに驚いたんだろう。朽葉嶺家の女当主と四姉妹は伊々田《いいだ》市の人間であればだれでも知っているけれど、ただひとり同居を許された婿《むこ》の顔は、まず知られていない。

「朽葉嶺の婿ですよ」と夏生が言う。刑事たちはぎこちなく会釈してくる。

「ちょっとすみません、こいつと話があるんで」

夏生は立ち上がって、僕を廊下に押し出した。

「おまえも大丈夫なのか、だいぶ顔色悪いぞ」

「え……あ、うん、大丈夫」

強がって見せた。さっきから、吐き気が肋骨の裏側あたりでもやもやしていた。

「夏生《なつお》、亜希《あき》の……様子、見た？」

「ああ」

夏生は広間の方をちらと振り返る。

「あの血の出方だと、たぶん、一瞬だ。苦しまなかったと思う」

僕は苦い唾《つば》を噛《か》んでうつむいた。

「……悪い。こんな気休めしか言えなくて。くそ。なんだよ。どういうことだ」

夏生は顔をそむけ、自分の脚を握り拳で叩いた。

ほんとに、亜希は死んじゃったんだ。まだ、うまく呑《の》み込めない。

「……逢《あ》える、かな」

つぶやくと、夏生がまた顔を向けてくる。

「なに？」

「亜希に。……もう一度、顔が見たい」

「いいのか」

「母様と警察の人が、検死とか密葬《みっそう》とか言ってた。もう……逢《あ》えないかも、しれないし」

しばらく黙って僕の顔を見つめた後、夏生は小さくうなずき、広間に戻った。

刑事たちと二、三言葉を交わしてから、廊下に顔を出す。

「いいよ。こっちだ」

亜希は、隣の座敷に仰向けに横たえられていた。床に広げられた大きなビニルシート。身体の上には白い布がかぶせられ、顔しか見えない。まぶたはもう閉じられ、血の気はすっかりなくなって木彫りの人形みたいな肌の色になっている。

僕の後ろに控えた夏生も、部屋の隅に正座した女性の刑事も、なにも言わない。

もちろん、亜希も。

色のなくなったその唇をじっと見つめ、僕は言葉をしぼり出した。

「……しばらく、二人だけに、してくれないかな」

夏生と女刑事の視線が、ぶよぶよと羽虫のように頭の上を飛び交うのを感じた。やがて、刑事が小さくうなずいて立ち上がる。

背後で襖《ふすま》が閉じて、僕と亜希は二人きりになる。

僕は自分の膝《ひざ》をきつく握りしめる。これはほんとうに亜希なんだろうか。毎朝、僕の寝床にいきなり乗っかってきた、亜希？

わからなかった。こわばったその顔を見つめていても、どんな熱も浮かんでこない。

そして――

すぐそばに、《　》の気配を感じた。

両腕を縛られた白髪の男は、亜希《あき》を挟んだ向こう側に座っていた。ちらと目を上げると、薄ら笑いを浮かべたその顔が見える。再び、吐き気が喉《のど》の奥でとぐろを巻いた。

「ほら、ね」と《　》は言った。「私の言った通りだ。哀しくなんて、ないだろう」

「黙れ」

僕の手は震《ふる》えた。自分の口から他者の言葉が出てくることに、はじめて嫌悪を覚えた。

「なんで出てくるんだ」

「おや。気づいていなかったのかい」白髪を跳ね上げ、《　》はくっと笑った。「私が出てくるのはね、君がなにか迷っているときだよ。いつだってそうだ。それが扉の鍵なんだ。今だってそうだよ」

迷って、いる？

「僕が？　なにを」

「だから。ほんとうに自分は、哀しむことができないのか。それともこれは、まだ亜希の死を実感できていないだけなのじゃないか。そういうことさ」

じゃあ、どうすればいい。声にならない自分の言葉を、僕は酸っぱい唾《つば》と一緒に飲み込む。かわりに《　》が、すっと立ち上がって再び口を開いた。

「簡単だよ。素直になりたまえ。だって、君はそのために人を払ったんだろう」

白髪に隠れた細い目。その視線が僕の顔から、横たわる亜希に移される。

「その布をどけて、直接見ればいい」

僕はぼうっとその浅黒い顔を見上げ、それから目を落とした。

亜希の薄い身体を覆《おお》う、白い布。はかないふくらみ。

僕の手は、まるでだれかに操られているかのように伸びていた。布の端をつかみ、めくり上げる。吐き気の塊《かたまり》が胸の奥で身をよじったように感じられた。

穴が、開いている。

痛かっただろうな、と思う。

「ほら。それが、君の感じていることだ」と、《　》がせせら笑う。「だって死んでいるのは君じゃないからな。腹に穴をあけられたのは君じゃない。そんなのは当たり前だ。だいいち他人の痛覚を想像力で再現することと、だれかの死を悼《いた》むこととは、なんの関係もないよ。だから君は間違っているというんだ。いいかい、亜希はもう死んでしまった、二度と逢《あ》えない。君に話しかけてくることもないし笑いかけてくることもない。同じ布団の中で体温を共有することもない」

僕は唇を噛《か》みしめて、掛布を戻した。

「――これだけ言っても、君は涙一つ流さないのだね」

「涙なんてただの水じゃないか」

自分の口から《　　》の答えが漏れるのを押し殺し、僕は立ち上がった。

＊

亜希《あき》の身体は大きな袋に押し込まれ、担架で屋敷から運び出された。警察署長と僕の父親が、どうやって母様を説得したのか、僕にはわからなかった。

真っ暗な坂道を、白い作務衣《さむえ》の行列に担がれて下っていく、亜希の屍。門のところからそれを見下ろしながら、ほんとうに葬列みたいだと僕は思う。

「兄様……亜希ちゃん……行っちゃうの？」

後ろから声がした。振り向くと、千紗都《ちさと》の泣き腫《は》らした顔がある。僕は目をそらして、うなずいた。

「見送ってくる」

「……あたしも」

「千紗都は、美登里《みどり》のこと見てて」

「でも。兄様、行っちゃ……やだ。行かないで」

千紗都の肩を屋敷の方に押し戻し、僕は門を出た。千紗都まで来たら、なんだかそのまま連れていかれそうな気がしたからだ。

坂の途中で、何度も振り返った。僕が葬列の最後だった。母様は、見送りに来ない。あのときの、母様の言葉が耳から離れない。

『もう、死んでいます』『ひどいにおいです』

思い出しても、ぞっとする。温度のない声。母様も、ショックで——なにがなんだかわからなくなってたのかもしれない。そう思いたかった。

山を下りたところでちょうど列に追いついた。田圃《たんぼ》の脇には数台の車両が駐まっていて、赤色灯の光を闇夜に撒《ま》き散《ち》らしている。作務衣を着ていない警官の姿もある。田圃を一つはさんだあぜ道に、野次馬の姿も見えた。亜希の身体は、大型のワゴン車の後部に収容される。ドアが、僕の視線を断ち切るように閉じられた。

強い風が僕を背中からなぶった。そこでようやく僕は寒さを思い出し、自分の腕を抱いて身震いする。回転灯の光で、白い息の塊《かたまり》がちらちらと照らされた。

行ってしまう。亜希が、行ってしまう。

でも僕は、山道の入り口の切り株にしゃがみ込むしかなかった。無線連絡する無神経に大きな声がひとしきり聞こえ、それからワゴン車は走り出す。テイルライトが曲がりくねったあぜ道に沿って右に左にとさまよいながら遠ざかっていくのを、僕はじっと見つめていた。残っていた警官たちも、車内へと次々に消える。

いつまでもこうしていられない。戻らなきゃ。そう思ったけれど、身体じゅうがこわばっていて立ち上がることすらできなかった。

そのとき、羽音が聞こえた。

うなじをまさぐるような悪寒に、振り向く。

暗闇に、白い顔と、黄色い光が浮かんでいた。それが人影だと——黒いコートを身体に巻きつけた黒髪の少女、そしてその肩にとまった鴉《からす》の不気味な黄色い眼光だと気づくのに、かなりの時間がかかった。

イタカだ。僕は震《ふる》える手で、震える唇を押さえた。

藤咲《ふじさき》ではなく、イタカだ。

彼女は、ほんの十数メートル向こうの、あぜ道の交差点にいた。僕に一瞬だけ視線を向けたような気がしたけれど、そのまま警察車両の方へと歩いていく。鴉だけがはっきりと僕をその黄色く光る眼でにらみ、ガァ、と啼《な》いた。

僕は弾かれるように立ち上がった。足をもつれさせながら黒コートの背中に追いすがる。

「ま、待って」

少女は足を止めた。長い黒髪をひるがえして振り向く。

「近寄るな、朽葉嶺《くちばみね》マヒル。おまえのその眼は汚らわしい。触れたくない」

「なっ……」僕は鼻白む。「なんでここにいるんだ」

藤咲を、どうしたんだ。その問いは口にできなかった。

「わかるんだな」イタカは冷え冷えとした声を吐き出す。「藤咲ではないと、おまえにはわかるんだな？　その眼はなんだ。なぜそんなことができる」

僕は息を呑《の》んで一歩後ずさる。

「そんなことは報告書にはなかった。朽葉嶺マヒル、おまえはただ狩井《かりい》の家から出された婿《むこ》としか聞いていない」

報告書？　なんのことだ。こいつは何者なんだ。事件を調査していると、藤咲は言っていた。僕の家のことも探っているのか。この家のまわりでいったいなにが起きているんだ。

亜希《あき》が、殺されたことと──なにか関係があるのか。僕は、その少女の首をつかんで、腹に溜まったありとあらゆる疑問を浴びせてやりたい衝動に駆られた。なにがあった。どうして、亜希は殺されなきゃいけなかったんだ。

けれど、声にはならず、鴉の視線に射すくめられて身じろぎすらできず──

そのとき、視界の隅を、夜風でなぶられた白い髪先がかすめた。

「君が何者か知らないが」と、僕ではない者の声が僕の喉《のど》から吐き出された。

ぞっとした。

これまで、《　》が他人に口をきいたことなど一度もなかったからだ。

「使っている調査機関は大したことがないようだね。朽葉嶺の女たちばかりに目を向けていると足下《あしもと》をすくわれるよ。……イタカと言ったね。この子を見てわからないかい？」

イタカの白い顔が闇にすっぽりと沈んだように見えた。眼光だけが衰えない。

「……貴様もGOOs《グース》か」

僕の背筋を、冷たく粘る金属のような悪寒が這《は》い下りた。

イタカには、《　》が視《み》えている？　まさか、だって。嘘だ。こいつは、この白髪の男は、僕の頭が作り出した妄想と幻覚じゃないのか。

「君たちはそう自称するのかい。そんな顔をしないでくれ、これでも同胞《どうほう》と会話するのははじめてでね、喜んでいるんだよ」

僕は喉《のど》に力を込めて、その得体《えたい》の知れない会話を断ち切ろうとした。でもだめだった。イタカの眼光のせいなのか、にわかに出てきた《　》の活力のせいなのかは、わからない。

「そう……か」

イタカはふっと目をそらし、息をついた。かすかに、僕の身体の束縛《そくばく》がゆるめられる。

「狩井《かりい》の血筋には、朽葉嶺《くちばみね》の女の血が何代にも渡って混じっていたな。貴様のような者が出てきても、不思議ではない、か」

「そうかもしれないね。それに——」

「おい、あんた！」

いきなり、イタカの背後から男の声がした。僕の身体がびくりと震《ふる》える。

白髪の男の気配はかき消えた。

「あんた、藤咲《ふじさき》さんか。勝手に来てもらっちゃ困る。こちらからの報告を待っていてくれと言ったじゃないか」

そう言いながら近寄ってきたのは、背の低い小太りの男——さきほど客間で母様や僕の父親と面談していた、伊々田《いいだ》署の署長だった。すでに作務衣《さむえ》からスーツに着替え、後ろには制服警官を二人従えている。イタカはそちらを向いて言った。

「わたしは千代一《ちよいち》の指示で動いている。伊々田署に指図されるいわれはない」

「なんだと」署長の、蜜柑《みかん》のように丸くあばただらけの顔が歪む。「警察庁がどうして現場まで出しゃばるんだ。勝手な真似はやめてもらいたい」

僕は混乱したまま、二人の会話を聞いている。警察関係者だったのか。

じゃあ、藤咲の話は——全部、ほんとうだったんだ。

イタカは憤《いきどお》る署長を無視して脇を通り抜け、車が固まって駐まっているあたりへ向かって歩き出した。車の列の最後尾に、明らかに警察車両ではないとわかる、銀色のスタイリッシュな外国車が駐められていた。運転席のドアを引いた彼女は、不意に僕の方を振り向いた。

その顔が見える距離まで駆け寄ったところで、僕は立ち止まる。

彼女の目からは、鋭い光が抜け落ちていた。かわりに、涙のあと。

僕の胸を、なにか言葉にできないものが突き破ろうとしていた。

藤咲《ふじさき》の話は、全部ほんとうだった。

彼女の中にイタカがいる、ということも。

だって、今そこにいるのは藤咲だ。僕にはわかる。

でも、彼女はなにも言わずに車に乗り込んだ。ドアが閉まる直前に、鴉《からす》が不吉な羽音を散《ち》らして夜空に飛び立ち、闇にまぎれる。銀色の車は音もなく加速して、あっという間に見えなくなってしまった。

それから、肌を引きむしるような寒さがやってきた。それでも僕はあぜ道の真ん中に立って、ずっと闇の中に藤咲の姿を探っていた。

第四章　染み込んだ血

制服の袖《そで》に腕を通すのは、三日ぶりだった。

床板の冷たさを素足で確かめてから、靴下を履《は》く。天井を見上げ、神話図にひしめく異形《いぎょう》の神々の顔をなんとはなしに数え、途中でやめて息をつく。それから僕は広げられたままの布団に目をやった。

もう、布団に乗っかって起こしてくれる人もいなくなってしまった。それなのに、そのとたんに寝坊しなくなってしまった自分が、なんだか気持ち悪かった。

「――お兄様。朝ご飯持ってきました」

部屋の戸の外で声がした。美登里《みどり》だ。僕はびっくりして、「え、あ、ちょっと待って」とあわてて布団を畳んで脇に押しのけ、戸を開く。

美登里は、芥子《からし》色の小袖《こそで》を着て紺色の帯を締め、膳《ぜん》を手に廊下に立っていた。

「……もう、大丈夫なの。ご飯作ったりして」

まだだいぶ顔色が悪い。あの悪夢のような夜から、美登里はずっと寝たきりだったのだ。

「はい。ずっと……寝てるわけにも、いかないし。料理してると気がまぎれます」

美登里《みどり》は無理に微笑む。その笑顔を見るのはつらくて、僕は受け取った膳《ぜん》に目を落とした。

気を紛《まぎ》らわせるために作ったからか、品数が多い。

「一緒に食べる？」

「えっ」

「いや、あの、僕もあんまり食欲ないから。美登里、ずっと食べてないでしょ」

なんでもいいから、美登里と話しておいた方がいい。そう思って僕が言うと、美登里はずいぶん迷った後で、ぎこちなくうなずいて寝室に入ってきた。

けれど、膳をはさんで向かい合って座っても、お互い黙り込んでしまって、箸《はし》はいっこうに進まなかった。椀の中の汁はどんどん冷めて湯気も消えてしまう。

「……美登里」

「はい」

「あーんして」僕は箸でちぎった卵焼きを突きつける。

「え、ええっ」美登里は少し腰を浮かせてたじろいだ。「そ、そんなの恥ずかしいです」

「いや、ごめん。冗談」

自分でも恥ずかしくなって、僕は卵焼きを口に運んだ。なにしてんだ、僕は。

「……お兄様は、たまに和《なご》ませようとしてつまらない冗談を言う癖を治した方がいいです」

「悪かったよ……」

しょんぼりうなだれる僕を見て可笑《おか》しくなったのか、ようやく美登里は、かすかに自然な笑みを漏らす。

「でも、ありがとう、お兄様」

「なに？」

「ううん。お兄様はいつも、心配してくれてますよね」

僕は口ごもり、分葱《わけぎ》の胡麻《ごま》よごしが入った鉢を取り上げた。心配なんてだれにだってできる。他になにもできないけど。僕だって美登里と同じだ。

だれかを心配するふりをしていた方が、気がまぎれる。それだけのことだった。

「……きっと、亜希《あき》ちゃんも、お兄様のそういうところが大好きだったんだと思います」

僕は箸を止めた。美登里の顔が、見られなかった。こういうところ？　だれかに優しいふりをしてごまかすところ？　そんなのが好きなまま死んでしまったんだとしたら——

やめよう、こんなこと考えるの。

「わたしも、お兄様の」

「……え」

僕は顔を上げた。

「や、ち、ちがいますっ」美登里はぱたぱたと手を振った。「だから。ええと。わたしも、いつまでも寝たきりでいるわけに、いかないなって」

「うん……でも」

僕は箸《はし》を置いた。膝《ひざ》立ちになって、美登里《みどり》の額に手をあてる。手のひらの下で、美登里《みどり》の顔がかあっと赤らんだ。

「お、お兄様？」

「まだ熱があるし。あんま無理しない方がいいよ。片付けは自分でやるから、布団に戻って」

美登里はぼうっと熱っぽい顔のまま、うなずいた。

僕は自分で食器を台所に持っていって洗った。亜希《あき》が殺された日以来、母様はいっそう神経質になって、屋敷に使用人すら入れなくなってしまったのだ。

事件は深夜だったから、あのとき屋敷には使用人はいなかったはず。それでも、他人を踏み込ませたくないらしい。あの夜の母様を思い出すと、それは心配や不安ではなくて、ただこの家が汚れるのを嫌っているだけなのじゃないかと思えてきて、ぞっとする。こうしていたら、そのうち朽葉《くちば》嶺《みね》家は幽霊屋敷みたいに寂れてしまうのじゃないだろうか。

僕が当主の婿《むこ》になったら、普通の一軒家に引っ越すのを提案してみようかな。そんなことをふと思う。この屋敷にも、つらい思い出ができてしまった。たぶん、引っ越すなんて母様が許さないだろうけれど。

ブレザーとダッフルコートを着ると、母様の寝室に行った。

「母様。学校に行ってきます」

木戸越しに声をかける。あの日以来、母様の顔を見ていなかった。母様もだいぶ具合を悪くして臥《ふ》せっていたからだ。

「マヒルさん。どうぞお入りなさい。顔を見せてください」

「え……」

僕は戸惑う。母様が寝室に入れなんて言うのははじめてのことだった。

戸に手をかけて、おそるおそる引く。部屋に入って、まず目につくのは竹の衣桁《いこう》にかけられた真っ赤な打ち掛け。母様がいつも着ているその着物の色も、こうしてあらためて見ると、ぞっとするほど鮮血の色に似ているのがわかる。

部屋の奥、一段高くなった畳敷きの間の屏風《びょうぶ》越しに、立ち上がる気配がして、髪を下ろし寝《ね》間《ま》着《き》姿のままの母様が顔を見せる。その顔は青白く、唇だけは不自然に色づいて、僕の顔を見て浮かべた微笑は、真冬になぜか咲いている桜の花みたいな不気味な可憐さだった。

屏風を回って僕のところまでしずしずと近寄ってきた母様は、「もう、お加減はよいのですか」と言って、僕の首筋に手のひらを触れさせる。その冷たさに、僕はすくみ上がる。

「え、あ、はい……母様も」

「ええ。わたくしも、もう平気です。もとから血が足りませんから、すぐ臥せってしまう」

顔が触れ合いそうなほどの近くで、母様が言う。その吐《と》息《いき》が僕の首にかかる。全身を、その冷たい手で探られているような気分になってきた。でも、動けない。

「マヒルさんにも、心労をかけました。……亜希《あき》のことでも」

母様は。母様はどうなんですか。

亜希が死んで、哀しく、ないんですか？

僕は、そう訊いてしまいそうになる。だって、あのときの母様は、まるで——

「……亜希、は」

少しうつむいて、母様がつぶやく。

「よい娘でした。溌溂《はつらつ》としていて。天の決めることですけれど、選ばれるならあの娘かとわたくしも思っていました。あの娘なら、わたくしを任せてもよい、と」

僕はなにも答えられない。母様が自分の子についてなにか言うのは、はじめて聞いた。もういない子のことだけれど。

「でも、気を落とさぬよう」

母様の手が、首筋をすうっとのぼってくる。僕の頬《ほお》に、その手が添《そ》えられ、顔を上げた母様の濡《ぬ》れた瞳と僕の目が合う。僕は息もできなくなる。

「美登里《みどり》と、奈緒《なお》と、千紗都《ちさと》がいます。わたくしは、大丈夫です。マヒルさんも」

とろけるような母様の笑みに、僕の背中は凍りつく。それは、なんでもない慰《なぐさ》めの言葉のはずだった。なのに、頬からあごを優しく指でたどられながら、その言葉を聞いていた僕は、おびえていた。

なんだろう。なんで、こんなにも、震《ふる》えているんだろう。

「お気をつけて。正門は使わぬよう。東の勝手口から出て北回りで西門をお使いなさいませ」

そう囁《ささや》いて、ようやく母様は僕を解放してくれた。僕は寒気をこらえて寝室を辞した。

曲がりくねった長い廊下を渡って、勝手口から出る。塀づたいに、わざわざ屋敷の北側を回る。朽葉嶺《くちばみね》の家は『方角』の吉凶をうるさいくらいに重視する。南の正門は、亜希が殺された場所だからだ。まだ血の痕だって残っている。それが消えてしまっても、しばらくはあの門は使えないだろう。

北側の庭で、奈緒と千紗都の二人が洗濯物を干していた。

「あ、マヒル。もう学校行くんだ」奈緒がシーツのしわをぱんぱんとのばしながら言った。

「うん。どうしたの、奈緒が洗濯なんて」

「あっ、ばかにしたな。あたしだって洗濯くらいできる」

「お手伝いさんいないから、自分でやらないと」水場で洗い板を手に、千紗都が言う。朽葉嶺の家は和服が多いので、洗濯はすべて手洗いだった。「兄様も、これからは洗濯物はあたしんとこに持ってきて。溜め込んじゃだめだから」

「え……」

それはどうなんだろう、と僕は思う。今まではお手伝いさんが洗濯していてとくに気にしていなかったけれど、自分の下着を千紗都《ちさと》に手洗いされるというのはなんだか複雑な気分だ。

「母様が学校行かせてくれないからさ。なにかしてないと気が詰まっちゃう」

物干し竿にタオルを一枚ずつかけながら奈緒《なお》が言う。

「あれ？　それ……」

僕はふと、足下《あしもと》の桶に入っていた洗い済みの洗濯物に目をやる。制服のワイシャツや、ショーツ、ブラジャー。

「……亜希《あき》の」

「わ。千紗都、たいへんだマヒルが下着見るだけで亜希のだって気づいたよ」

「え、いやっその」

奈緒の声は冗談めかしていたが、「兄様の変態」と上目遣いでにらんでくる千紗都は本気で怒っているように見えた。しかし、下着で判別できたのは事実なので、反論できない。

「ほっとくわけにもいかないし」と奈緒。「ほら、あたしらみんなサイズおんなじだから。もらうことにしたの」

その方が亜希も喜ぶかな……という奈緒のつぶやきは、かすれていた。千紗都は洗濯板に目を落とした。僕も、なにも言えなかった。

西門に向かって歩き出した僕の背中に、千紗都の声。

「兄様、どうして学校行くの」

僕はちらと振り向く。千紗都は手を止めて、なんだか泣き出しそうな目で見つめてくる。隣にいる奈緒も少し驚いた顔をしている。

「どうして、って」

千紗都は目を伏せる。

「……いてくれても、いいのに」

「え」

「なんでもない。早く行っちゃえ。兄様のばか」

千紗都のとげとげしい言葉に圧されるように門を出た。

どうして学校に行くのかって？　それはたぶん、平気だってことを言い聞かせるためだ。自分に。そうやって、なんでもないふりをしなきゃ、僕だって息が詰まってしまう。

朽葉嶺《くちばみね》の屋敷から山の下へと続く坂道の傍《はた》には、腰くらいの高さの杭が等間隔で打ち込んであった。先端には黒い布が巻きつけられ、古釘が四方に打ち込まれている。忌中《きちゅう》を表すしるしだ。僕はその杭を数えながら足早に坂を下った。

「ああ。マヒルか。ちょうどよかった」

坂の終わりあたりで、後ろから声がかかった。振り向くと、着崩したワイシャツの上からぞんざいに白衣を羽織った夏生《なつお》だった。

「おはよう……ちょうどよかったって？」

「学校まで俺が送るよ。早苗《さなえ》さん、運転手も呼ばなくなっちゃったんだろ」

送ってもらえるのはありがたかった。山を下りて、夏生の車の助手席に乗り込む。まわりの田畑には人の姿がまったくなかった。おそらく忌中《きちゅう》の朽葉嶺《くちばみね》に遠慮しているんだろう。出荷しそこねて吊されたままの稲藁《いなわら》の束が、冬の風に揺られている。

「千紗都《ちさと》、大丈夫そうだったか」

走り出してすぐに夏生が訊いてきた。

「え、うん。……千紗都？　美登里《みどり》じゃなくて？」

「ああ、いや……最初に、その、見つけたのは、千紗都なんだってよ」

最初に見つけた。殺されていた——亜希《あき》を。

「そう……だったんだ」

「聞いてなかったのか」

事件の話どころか、屋敷では今朝までほとんど言葉という言葉が途絶《とだ》えていたのだ。

「夏生は警察の人から話聞いたの」

「まあな」

夏生は少し迷っているそぶりを見せてから、喋《しゃべ》り出す。

「……あの夜、亜希は台所にいたんだそうだ。美登里と千紗都が一緒で、カボス茶を作ってた。それで、いつまでたってもおまえが帰ってこないもんだから、お茶を狩井《かりい》に持っていくって言い出したんだそうだ。千紗都は自分の部屋に戻って、美登里は早苗さんと一緒に香《こう》の用意をしてた。そうしたら早苗さんが、玄関の方から妙なにおいがするって言い出した」

僕はぞくりとした。母様の、人間離れした嗅覚《きゅうかく》は、あの広い屋敷の端から漂《ただよ》ってきた血のにおいを嗅ぎ分けたのだ。

僕が――もっと早く戻っていれば。

無駄なことだとわかってはいても、そう考えずにはいられない。

「それで、美登里は怖いから千紗都に一緒に様子を見に行ってもらおうと部屋に寄ったら、だれもいなくて、ちょうどそのとき玄関の方から悲鳴が聞こえた。千紗都もにおいに気づいて見に行ってたそうなんだ。だから、俺たちが聞いたのは千紗都の悲鳴だったたってことだな。亜希は、声も――」

夏生は口ごもり、それからわざとらしく冗談めかして言う。

「こっちが事情聴取されてんのに、刑事どもがぺらぺら喋るのはなんだか気持ち悪かったな」

「今までの事件と、関係あるの、かな」

ふと思いついた疑問を、僕は口にした。伊々田《いいだ》市で起きていた、女子高生ばかりを狙った猟《りょう》奇《き》殺人事件。あのとき、あそこには、イタカがいた。亜希が殺された日よりもずっと前、僕とあの奇妙な女の子がはじめて出逢《であ》ったのは、屋敷の西門だった。

あのときから、事件は、僕のまわりに忍び寄っていたんだろうか。

僕に合わせるように、夏生《なつお》は長い間黙り込んでしまった。いくつか信号を渡り、川が見えてきたあたりでようやく口を開く。

「おまえ、今日の放課後ひまか？　俺の研究室まで来てくれないかな、悪いけど」

いきなり言われて、僕はちょっと面食らう。

「いいけど……狩井《かりい》の家じゃだめなの？」

夏生がちょくちょく顔を出している研究室もまた、朽葉嶺《くちばみね》が出資して設立された大学にあり、僕の高校からは歩いて行ける距離だった。

「狩井のじじいどもに聞かれたくないんだ。念のため。連中は、おまえに教えるのはまだ早いとか抜かすだろうし」

「……なんの話なの？」

また黙り込んでしまった夏生の横顔に、僕の胸中はざわついた。

会話がとぎれたまま、車は高校の裏門前に到着した。ドアを開いて僕が外に出たとき、ようやく夏生が口を開く。

「おまえ、登喜雄《ときお》さんのこと憶えてない、よな？　もちろん」

僕はドアを閉めようと手をかけたまま、振り向く。夏生は運転席に深く腰掛けて、じっとステアリングの真ん中を見つめている。

　朽葉嶺登喜雄――母様の夫であり、千紗都《ちさと》たちの父親。

「うん。僕が生まれたばっかりのときに亡くなったって」

「俺も憶えてないんだ」

　僕は首を傾げた。夏生は僕より九歳上だ。

「逢ったことなかったの？　朽葉嶺の屋敷からあんまり出なかったとか」

「俺もそう聞かされてた。でも、そうじゃなかった。狩井の家の診療所に、記録が残ってた。登喜雄さんは、俺が物心つく前、早苗《さなえ》さんと結婚してすぐに死んでたんだ。たぶん家ぐるみで、若死にしたのを隠してたんだろうな」

　僕は、夏生のこわばったような顔をじっと見つめた。

　背後で、チャイムが鳴った。予鈴だ。でも僕は動けなかった。

「だって、そんなのおかしいよ」

　夏生が物心つく前。

　それじゃ、みんなが生まれるもっとずっと前じゃないか。だとしたら、登喜雄さんはみんなの父親じゃないってことになってしまう。狩井の家がそれを隠した？

「だから。そうなんだよ。言っただろ、朽葉嶺には婿《むこ》なんて必要ないんだ」

「……なに言ってるの？」

「ちゃんと話したいんだ。だから、学校終わったら研究室に来てくれ、必ず。そこで話す」

ようやく夏生《なつお》が僕に向けた視線は、やすりのようにざらついていた。僕はほとんどおびえに近いものを感じて車から離れた。

ドアが閉まり、エンジン音と排気ガスを残して、夏生の車は走り去った。

裏門の前に呆然《ぼうぜん》と立ちつくす僕の耳に、やがて二度目のチャイムが聞こえた。

＊

三日ぶりに学校に顔を出した僕に、教員たちはまるで幹が腐って折れかけた樹に藁《わら》を巻くように接した。クラス担任は遅刻を見逃してくれたし、休んでいた二日間の授業内容をわざわざプリントにまとめて持ってきてくれた教師もいた。あげく、校長までが教室に様子を見にやってきた。輪をかけて不気味なのは、だれもが亜希《あき》のことや朽葉嶺《くちばみね》の家の話題を持ち出さず、必死に白々しい世間話をしていくことだった。

いつものように遠巻きにひそひそとうわさ話をするクラスメイトたちの方が、まだしも安心させてくれた。

授業中、どうしても窓の外に、あの黒い影を探してしまう。

藤咲《ふじさき》は、最後の手紙に書いていた。もう、逢《あ》わない方がいいと。でも僕らはあの最悪の夜に再び出逢った。イタカは――ほんとうに藤咲だった。

もう、藤咲としては逢えないんだろうか。

昼休みになっても、屋上にも体育倉庫の裏にも行かなかった。自分でも不思議だった。学校では、いつもひとりになりたいと思っていたはずなのに。でも、席を立つ気になれなかった。

藤咲のいないところに行っても、しょうがない。

それに、もう一つ。だれもいないところに行けば、《　》が出てくるという確信めいた予感があった。

『私が出てくるのはね、君がなにか迷っているときだよ。いつだってそうだ。それが扉の鍵なんだ』

あのときの、《　》の言葉。自分の口から勝手に漏れ出る言葉になぶられるのはごめんだった。だから僕は騒がしい教室にとどまり、机に頬杖をついて、夏生の言っていたことについてじっと考えた。

朽葉嶺登喜雄は、四姉妹が生まれるずっと前に、すでに死んでいた。

夏生の言葉がほんとうだとするなら――姉妹たちの父親はだれだ？　不倫なんだろうか。それで狩井《かりい》の家が必死に隠した？

そんなありきたりの話じゃないような気がした。

あの、思い詰めた夏生《なつお》の顔。

なにか、もっと――

けっきょく僕は五時間目の途中で早退した。気分がひどく悪かったし、夏生の話が気になっていたというのもある。数学教師は卑屈そうな笑いを浮かべて、無理もないねお大事に、とわかったようなことを言った。

学校を出てすぐに、どぶ川沿いの農道を大学の方へと歩きながら、夏生の携帯に電話した。

『はい。マヒルか？　どうした』

「ああ、うん、早退した。今からそっち行くよ」

『ちゃんと授業は出とけよ。あんまりさぼると早苗《さなえ》さんに連絡行くぞ。フケた理由訊かれて俺んとこに来てたとか絶対に言うなよ。あの人にも知られたくないんだ』

「母様にも、黙ってなきゃいけないような話なの？」

夏生は少しの間、黙った。

『……いちばん知られたくないのは早苗さんだ』

首筋のあたりにぞくっとするものを感じた。夏生は母様になにか疑いを持っている？　それは、今朝僕が母様から感じた薄ら寒さと同じものなんだろうか。

「どうして」

『それも後でちゃんと順番に話す。おい、ほんとにもうこっちに向かってんのか』

「あと十五分くらいで着くよ」

知らずと、足が速まっていた。夏生の話があやふやなくせに不安を誘うからだ。

『午後の授業全さぼりじゃねえか。単位足りてんのか？』

「どうせあの学校は、僕がこれから丸一年休んだって卒業させてくれるよ」

『そういう自棄《やけ》な考え方はやめろ。前にも言ったけど、俺はおまえには、こんな明治時代で時間が止まってるみたいな街を捨てて、どっかでちゃんと生きてほしいんだよ』

「無茶言わないでよ。家はどうすんの」

『そんなもんおまえには関係ないだろ』

言い返そうとして、僕は気づく。そうだ。家は関係ない。でも、千紗都《ちさと》や奈緒《なお》や美登里《みどり》を置いて自分だけ逃げるわけにはいかない。縛られてるってのはたぶんしきたりじゃなくて、こういうことをいうんだろう。

「夏生はどうして自分で逃げ出さなかったんだよ。そんなに言うなら」

『俺は、なにも準備できてないときに知っちゃったから。もう無理だよ。でも、おまえには、順番に話し』

夏生の声は、いきなり断ち切られた。途中で言い淀んだのではなく、ほんとうに声がぶっつりと消えたのだ。僕は驚いて携帯電話を離してしばらく見つめてから、もう一度耳にあてる。

通話が切れたわけじゃない。ちゃんとつながっている。

「……夏生《なつお》？　どうしたの」

答えのかわりに、なにかが落ちて床にぶつかる音、それからかすかなうめき声が聞こえた。

うめき声？

「夏生？　ねえ、夏生！」

大声で呼びかけながらも、僕の足は自然と速まっていた。どく、どく、という低い音が、受話器から聞こえてくるのか自分の身体の内側から響《ひび》いてくるものなのかわからなくなる。

なんだこれ。まさか、そんな、まさか。

「夏生！　返事してよ夏生！」

なにかをねじ切るような音とともに、通話は途絶《とだ》えた。僕は何度もリダイヤルした。つながらない。携帯をポケットにねじこんで走り出す。棘《とげ》だらけの粘体を無理矢理喉《のど》に流し込まれたみたいなグロテスクな予感。心臓が耳から流れ出しそうだった。

＊

研究室は、血の海だった。

ドアを開けた僕の隣で、案内してくれた大学の若い女性事務員が、ひぐっ、と妙な声をあげて後ずさり、廊下の壁に背中をぶつけ、そのままずるずると床に崩れ落ちる。

狭い部屋は事務机と書架《しょか》で埋め尽くされ、血まみれの背中がその右端の机に突っ伏していた。白衣も、机も、床の崩れかけた医学書の山も、赤黒い血で染まっている。僕は声さえあげられなかった。

ほんとに夏生なんだろうか。

なんで……なんで、こんなことに。

思考は僕の狭い頭蓋骨《ずがいこつ》の中を堂々巡りした。ただ、足はひとりでに動いた。部屋に踏み込むと、にちゃり、という血糊《ちのり》の感触が靴底を通して伝わってくる。

机に頰《ほお》を押しつけ、横向きになったその顔は、たしかに夏生だった。かなり吐血《とけつ》したのか、口の端も机の上も血で濡《ぬ》れている。見開かれたその目は、まったく反応がない。

僕はだんだんと自分の身体がふわふわしてくる——気が遠くなりかけている——のを感じながらも、部屋の出入口を振り返った。真っ青な顔をした女性事務員が、こわごわと部屋の中をのぞいている。

自分でも気味が悪いくらい冷めきった声で僕は言った。

「救急車と、……警察呼んでください」

「はっ——ひっ」

奇妙な声をあげ、女子事務員は逃げるように廊下を走り去った。僕はもう一度、血でぐっしょりと濡《ぬ》れた白衣の背中を見た。

「……夏生《なつお》が？　どうして。嘘だ。こんなの」

言葉が勝手に漏れてくる。唇と歯が震《ふる》え始めなければ、そのままずっと独り言を漏らし続けていたかもしれない。

寒気がひどくなってきた。部屋には暖房が入れられ、そのせいで血のにおいはむっとするほど漂《ただよ》っているというのに、それでも震えは止まらなかった。

僕はどうすればいいんだ。なんでこんな場所にいるんだ。なにが起きてるんだよ。

吐き気に耐えかねた僕は、ずる、ずる、と血のついた足を引きずりながら後ろ向きに部屋を出ようとした。そのとき、さらりと頰《ほお》に触れる髪先を感じた。

ぞっとして、脚がこわばる。立ち止まってしまう。

「まだだよ。君はやるべきことをやっていない」と《　》が言った。白髪の男は、僕の隣から離れて、動かない夏生の脇に立つ。

自分の内臓がのたくっているのが感じられるみたいだった。なんなんだ。なんで、今、こんなところで、おまえが出てくるんだ？

「やるべき……こと？」

問いをしぼり出した僕の視界の端で、ぞわぞわと虫のようなものが這《は》い回る。気を失いかけている証拠だ。

それでも、《　》は冷たく言った。

「そうだ。私にはできないこと。君がその手とその目で確かめなくてはいけない」

「なにを」

黙って夏生《なつお》の背中に眼を注ぐ《　》の圧力に、もう僕は抗《あらが》えなかった。血の海の中を泳ぐようにして、再び夏生の死体のそばに戻る。足下《あしもと》で本の山が崩れて血溜《ちだ》まりに沈むのを気にもとめなかった。鼻をつく血のにおいに顔をしかめ、息を止めて、夏生の肩に手をかける。生命のない身体は、想像以上に重かった。上半身を引き起こすだけなのに、僕の肘《ひじ》はみしみしと痛んだ。

血でぐちゃぐちゃになった夏生の胸——どこからが服でどこからが地肌なのかもわからないけれど、黒々と穿《うが》たれたその穴だけははっきりと識別できた。

「わかるね？」

耳元で《　》が囁《ささや》いた。僕は唇を噛《か》みしめてうなずく。

夏生の命を一瞬で奪っただろうその傷口は、あのとき、亜希《あき》の腹にあったものと同じであるように見えた。

「そうだ。それさえわかればいい。今のところはね。では、もう気を失うなり嘔吐《おうと》するなり泣き叫ぶなり、好きにしていいよ」

「ふざけるな」

僕は歯を食いしばって、夏生の肩から手を離した。べちゃり、という粘っこい音は、血の広がった机に夏生が再び突っ伏す音でもあったし、床の血溜まりに僕が膝《ひざ》をついた音でもあった。すぐそばに白髪の男の気配を感じながら、僕は意識の端にしがみついた。血まみれの床にへたり込んで、それでも太ももに爪を立てて失神をこらえた。やがていくつものサイレンが近づいてくるのを聞きながら。

＊

僕が目を覚ましたとき、あたりは真っ暗で、むせ返りそうなほどの香木《こうぼく》のにおいが満ちていた。しばらく仰向けになって動かずにいると、じきに目が慣れてくる。暗い天井にぼうっと浮かび上がるのは、紅や青で描かれた、蛇、獅子、馬、といった異形《いぎょう》の顔を持つ神々。

僕の部屋だ。……いつ戻ってきたんだっけ。

染みが広がるように、記憶が戻ってくる。夏生の研究室。一面の血。胸に穿たれた穴。

僕は跳ねるように上半身を起こした。肩から布団が滑り落ちる。

「お兄様」

声に振り向くと、枕元に座る人影があった。大きな香炉《こうろ》の火を囲んで、美登里《みどり》、奈緒《なお》、それから千紗都《ちさと》。三人とも両腕の露出する白い肩衣《かたぎぬ》を着て、手に手に香木《こうぼく》の欠片を持ち、火にくべている。

「起きても大丈夫、ですか？」と美登里《みどり》が言う。

「あ……うん」

僕は自分の身体を確かめる。僕もまた寝間着《ねまき》に着替えさせられている。

そうだ。着てた服は、血で——夏生《なつお》の、血で。

「……警察の人が、お兄様にお話を聞きたいと言っているそうです」

美登里がぽつりとつぶやいた。

「でも母様は、今夜は家から出るな、って」

警察が来てる。それじゃあ、夢じゃ、ないんだな。やっぱり。

虚無《きょむ》がどろりと溜まった、夏生の目を思い出す。しばらくだれの言葉もなく、生の香木がぱちぱちとはぜる音だけが聞こえていた。

「マヒル、犯人に見られたり、して……ないよな」

奈緒《なお》がとぎれとぎれの声で言った。僕は、まだぼんやりとした頭で、小さくうなずいて見せる。奈緒の隣で千紗都が、香木を握りしめたまま、うつむいて腕を震《ふる》わせる。

「兄様が血だらけで運ばれてきて、あ、あたしっ、てっきり」

千紗都の声はそこで途絶《とだ》え、奈緒の腕に頭を預けた。奈緒は千紗都の頭を引き寄せて肩に押しつける。

「もう、やだよ、こんなの。なんで夏生さんまで」

奈緒がかすれた声を吐き出す。それは僕だってだれかに訊きたかった。なんでこんなことになったんだ。

だれが、夏生を——それから、亜希《あき》を。

同じ犯人だと《　》は確信しているようだった。そして、それは僕も同じだ。あんな殺し方をする人間が二人もいるはずがない。

朽葉嶺《くちばみね》と狩井《かりい》の家に、恨みでもあるのか。

だとしたら、これからも——

そう考えたとき、また僕の腕が震え出す。それは、もう恐怖じゃなかった。もっと、どろりとして、どす黒い感情。

そんなことは、絶対にさせない。よくも、亜希と夏生を。

＊

次の日も僕は学校を休むことになった。警察はわざわざ事情聴取に出向いてきた。母様は追い返そうとしたけど、僕は警察と話したいと母様に頼み込んだ。

「どうしてですか。忌中《きちゅう》の家にあがりこもうとするような、無礼な者たちになにを話すことがありますし」

書斎の机にぐったりともたれた母様は、疲れ切った顔で言った。

「……でも、捜査に協力したいんです。夏生《なつお》を最初に見つけたのは、僕だし」

「昨日、なんの用があって夏生さんの研究室などに行ったのです？　早退したと聞きました」

「え、あ、あの、それは」

母様の目は僕の喉《のど》をえぐるように鋭くなった。

「将来の、ことを。夏生が、色々相談に乗ってくれたんです。屋敷の外の方が話しやすいだろうって」

嘘は、言っていない。けれど僕は、夏生が朽葉《くちば》嶺《みね》や狩井《かりい》にまるでなにか後ろめたいことでもあるかのような口ぶりだったことを忘れていない。それを母様には悟られたくなかった。

夏生がはっきりと、母様への不信を口にしていたからだ。母様には知らせるな、と。

母様はほうと物憂《ものう》げに息を吐き出す。

「あの方は——夏生さんは、小さすぎるところがありましたね。狩井を束ねるには、向いていなかったのでしょう」

その物言いに、僕はぞっとした。まるで夏生の死はしかたがなかった、むしろ好都合、そんなふうに聞こえたからだ。

「母様は——」

言葉を途中で呑《の》み込む。僕はなにを訊こうとしている？

黙り込んだ僕をちらと見上げて、母様は言った。

「わかりました。警察がなんの役に立つとも思えませんが、犯人をこのまま捨て置くわけにもいかない。署長を屋敷にお呼びなさい。マヒルさんはまだ体調がすぐれぬでしょう」

母様は狩井の家の者に白の作務衣《さむえ》を持たせて山の下に届けさせた。数十分後、僕は屋敷の客間で伊々田《いいだ》署署長らと面会した。付き添《そ》いのかなり年配の男二人もたぶん、署のお偉いさんなんだろう。一事件の事情聴取に署長が出張ってくること自体が気味が悪いけれど、ことは街の支配者一族の殺害だし、警察も要らない気を回したんだな、と僕はうんざりする。

「このたびは、ほんとうに、なんとお悔やみを言ったらいいか。わたくしどもも力及ばず」

署長が沈痛《ちんつう》そうな顔をつくって悔やみごとを並べるのを、僕は手を振って止めた。

「もう、いいです。そんな話よりも」

「は、そう、そうですな」

ようやく事件の話を始める。

「失礼ながら、夏生様の携帯電話の着信履歴《りれき》を調べさせていただきました。マヒル様がお電話なさったのは午後一時二十分ですな」

「そうです。……その、通話の途中に」

僕は言葉を切って、うつむく。あのときの夏生《なつお》のうめき声が、まだ耳に残っている。

電話の向こうで、僕の声が届くところで、夏生は殺されたんだ。

「マヒル様は、そのう、夏生様とどのようなお話を？　あ、いや、なにか事件に関わりのあることがなかったかと」

こんな朽葉嶺《くちばみね》に遠慮してばかりのやり方で捜査がほんとうに進むのだろうかと僕は思う。なにが事件と関係あるかはわからないのだから、洗いざらい聞き出すのが警察の取り調べというものじゃないのか。でも、僕としても、夏生との間の奇妙な会話のことはあまり他人には話したくなかった。

「亜希《あき》を、殺したのと……同じ犯人ですか？」

ふと僕は訊いてみる。署長と脇の二人は困惑《こんわく》気味に顔を見合わせた。

「いや、それはまだわかりかねます」

「最近起きてた、女子高生ばっかり殺されたのも……」

「そちらも捜査中でして、まだなんとも申し上げられません」

「そう……ですか」

警察は役に立たない。母様の言葉をふと思い出す。じゃあ、僕が——

僕が？　浮かんできたその考えを、僕は握り拳の中で潰した。

僕なんかに、なにができるんだ。

その後の僕は、ほとんど上の空だった。なにを答えたのかもよく憶えていない。隣でぞわぞわと《　》の気配が蠢《うごめ》いていたからだ。

夏生の遺体はその日のうちに検死が済んだらしく、夕方には狩井《かりい》の家に戻ってきたという電話があった。僕は司法解剖については詳しくないけれど、これほど早いのは異例じゃないかと思う。朽葉嶺と狩井への気遣《きづか》いが、明らかに警察の捜査を歪めている。

ともかく一度狩井の家に様子を見に行こう。そう思って母様に報《しら》せに行くと、母様は「明日の朝まで外出はなりません」と冷たく言い放った。僕は唖然《あぜん》とする。

「どうして、ですか。だって、お通夜でしょう」

亜希は朽葉嶺の娘だから、その密葬《みつそう》には僕すらも立ち会えなかった。けれど夏生は狩井の人間だ。ちゃんとした葬式をするはずなのだ。

「今夜は、狩井で大切な祭事《さいじ》があります。通夜などしているひまはありません」

「な……」

言葉を失う。祭事？　それは夏生が死んだことよりも大切なのか？

「とにかく家から出てはなりません」

母様は僕の頬《ほお》に手をやり、じっと目を合わせてきた。もう、否やは言えなくなる。

「マヒルさんもゆっくりお休みなさい。今はとにかく、継嗣会《ひさねえ》を滞りなく済ませることを考えなければ」

僕は言い知れぬ違和感を抱えながら書斎を辞した。

母様、まだ具合が悪いんだろうか。あの人はかなり身体が弱い。今日もひどくやつれているように見えた。それに、屋敷じゅうにきつい香《こう》を使っている。以前、母様が病に伏したときにも使った香木《こうぼく》だった。

身体が悪くて、それで朽葉嶺《くちばみね》の将来を心配して——焦っている。早く家を継がせたい、そんな一心で。そう考えれば、おかしな態度じゃないのかもしれない。でも——

＊

その夜はなかなか寝付けなかった。目を閉じると、闇の中に赤がじわりと浮かんでくる。その中央に丸く黒いものが現れ、じくじくと液体が蠢《うごめ》き始め、やがて肉に穿《うが》たれた穴になる。脂で濡《ぬ》れた骨の色が見えたあたりで僕は目を覚ます。その繰り返しだった。

すぐそばで、殺された。亜希《あき》も、夏生《なつお》も。僕の声が届くほど近くで。その思いが、胸の中でじくじくと痛んで、目を閉じているのも苦痛だった。

何度目かの覚醒《かくせい》のときに、僕は遠くで、古い木が軋《きし》むのを聞いた。

門の音？　こんな時間にだれかが外に出たんだろうか。

　空耳かと思ってしばらくまどろんでいても、やっぱり眠れない。布団に触れた背中がぞわぞわする。なにか、床の下からおんおんという大勢のうなり声が聞こえてくるような気がする。

　僕は布団をはねのけた。とたんに、寒さにすくみ上がる。

　昼間の、母様の言葉を思い出す。狩井《かりい》の家で大切な祭事《さいじ》があると言っていた。

　でも、こんなに夜遅くに？

「確かめてくればいい」

　自分の口から、そんな言葉が漏れるのを僕は聞いた。

　暗闇の中、掛け布団の上に座している、ぼんやりと白い影が見えた。

「外に出るなと言い置かれたのを気にしているのかい？　馬鹿馬鹿しい。疑っているのなら、今すぐ外に出て、見てくればいいんだ」

　僕はなにも答えなかった。《　　》の言葉は、たしかにその通りだった。

　自分の目で、確かめればいい。

　母様の言いつけに、逆らって？

　僕にとっても、母様は絶対だった。母様の言葉にそむくなんて、これまで考えたこともなかった。でも、僕の中でなにかが崩れ始めていた。夏生が最初の穴をあけて、そしてなにも言わずに死んでしまったからだ。

　もう、じっと耳をふさいでうずくまっていることなんて、できなかった。

寝間着《ねまき》の帯を締め直して、立ち上がる。そのとき僕は、戸口の外で、今度ははっきりと床が軋《きし》るのを聞いた。

足音を忍ばせて戸に近寄り、そうっと引く。廊下に立っていた人影が、びくっと震《ふる》えた。でも僕はそれ以上に驚いていた。白い顔を縁取る長い黒髪。一瞬、母様かと思ったからだ。

「……あ、あの」

人影が、おびえた声を漏らす。

「……美登里《みどり》？」

「お兄様。ご、ごめんなさい」

母様じゃなかった。寝間着姿の美登里だった。僕と同じように眠れなかったのか、下まぶたにうっすらとくまができている。

「どうしたの」

「あ、あの、な、なにか……変な音が」

美登里にも聞こえたのか。じゃあ、やっぱり空耳じゃないんだ。

「それに、さっきから、かすかに、いやなにおいがするんです」

袖《そで》で顔の下半分を隠してつぶやく。美登里は母様にいちばん似ていて、鼻がよくきく。

「におい？　なんの？」

「そ、それが……あの、亜希《あき》ちゃんが、……倒れてたときの、あの、におい、みたいな」

血のにおい？　まさか。

しじゅう香《こう》が焚《た》かれているこの家では、微妙なにおいは僕には嗅ぎ分けられない。

「足音で目が覚めたんです。たぶん、母様だと思います。門を出ていくのが聞こえました。それで、それで、怖くなって」

僕はごくりと唾《つば》を飲み込んで、廊下に出た。遠くから——屋敷の外、下の方から、おんおんと大勢の低い声がまた聞こえた。今度ははっきりと。美登里は「いっ」と短い悲鳴をあげて、僕の腕に抱きついてくる。

「お兄様、あ、あれ」

「行ってみる」

「え」

「美登里、ひとりで部屋に戻れる？」

ぶんぶん首を振る美登里。僕も正直なところ、ひとりは心細かった。僕らは寄り添《そ》って冷たい廊下を歩き出す。真っ暗なので、脚をからませて転びそうになる。

「……前にも、あったんです。そのときは夢かと思って」

美登里が震える声で言った。

「いつ？」

「お……ぼえて、ないです。何度か同じ夢を見たのかなって。でも、今日は部屋のすぐ外で足音がしたから」

母様が外に——ということは、狩井《かりい》の家に行ったんだろうか。

祭事《さいじ》って、いったいなにを。

廊下を進んでいると、美登里《みどり》が足を止めて僕の寝間着《ねまき》の袖《そで》を引っぱった。

「お兄様、正門は凶方です、他の門から」

「こんなときに凶方なんて気にして——」

僕は、そこでふと気づいた。凶方——か。

ほんの数日前までは、正門が使えた。でも今は、東の勝手口から出て西門に回らなければいけない。そうすると、美登里の部屋の前を通ることになる。

だから——今夜に限って、美登里ははっきり夢ではないと気づいたのだ。それじゃあ、これまでも、ほんとうに母様が何度も夜中に出かけていたのか。狩井の祭事のために？

ぞっとした。母様は、なにかを隠している。ほとんど屋敷の外に出ないはずなのに、どうしてこんな真夜中に。

僕らはは玄関にたどり着いた。

「待ってる？」と美登里に訊いてみると、首を振った。ぎゅうっと強く腕にしがみついてくる。

僕はつっかけを履《は》いて玄関の鍵を外した。

寝間着のまま外に出るのは予想以上に寒かった。裾《すそ》と袂《たもと》から冷たい風が吹き込んでくる。その風に混じって、大勢の人のつぶやきのような音が聞こえた。僕と美登里は寄り添《そ》ったまま庭を渡った。亜希《あき》が倒れていたところは、血で汚れた土を取り除いて埋めなおしたせいで広い範囲で地面の色が変わっていて、かえってあの夜のことを思い出させ、大きく迂回《うかい》しなければいけなかった。

正門の脇の小口をくぐって坂に出た僕は、思わず息を呑《の》んだ。隣で美登里が「やっ」と、かすれた小さな声をたてる。

坂に沿って、白い衣をまとった人の列が見えた。林の木々の間に見え隠れしながら、つづら折りをゆっくりと下っていく。蟻《あり》の群れのように。唱えているのは、呪言だろうか。

狩井の人たち——こんな真夜中に、なにを……

麓《ふもと》までは見通せず、列の最後の一人が折れ曲がった坂の下の闇に沈んで消えると、あの低いつぶやきも聞こえなくなってしまう。それでも僕と美登里は、しばらくの間、門柱にもたれて震《ふる》える身体を寄せ合い、言葉もなくじっと眼下の黒々とした林に見入っていた。

坂を登ってくる人影が見えても、二人とも動けなかった。風になぶられる長い黒髪。夜の闇に沈んだ大袖の衣は、かすかな月明かりで、紅色だとわかる。

門の前で、その人影は立ち止まった。月を背に、その顔は陰になっているはずなのに、僕は頬《ほお》を切り裂くような視線を感じた。

「——なにをしているのです、二人とも」

母様の声はざらついていた。

「外に出るなと言い置いたはずです」

僕の唇は震《ふる》えた。声が出ない。ただ、美登里《みどり》がぐっと僕の手首を握りしめたのはわかった。

「戻りなさい」

冷たく、乾いた声。

そのとき、僕にもはっきりと感じられた。血のにおいだ。——どこから？

「戻りなさい。早く」

母様が静かに繰り返す。だん、と音がした。美登里が、背中を木戸にぶつけた音だ。腕を通して美登里の震えが伝わってくる。僕は息を止めて後ずさり、美登里を戸口に押し込むようにして敷地の中に戻った。

「忘れなさい。あなたたちは、知らぬがよいことです」

家の中に入ってすぐに、母様はそう言った。光のない目で僕と美登里をさっと薙《な》ぐと、ひたひたと廊下の奥へ消えた。かすかに、血のにおいを残して。

第五章　あふれ出た血

「兄様、学校行くの？」

翌朝、朝食の膳《ぜん》を持って僕の寝室にやってきた千紗都《ちさと》は、僕の制服姿を見て言った。僕も千紗都のことをまじまじと見つめ返してしまう。千紗都が薄桃《うすもも》色の着物なんて着ているのも、僕のところに朝食を運んでくれるのも、珍しい。

「な、なに？」僕の視線に、千紗都がちょっとうろたえる。

「あ、いや、なんでもない。ごめん」

千紗都は視線をそらし、ぶっきらぼうに膳を床に置く。

「なんで学校行くの。だって、あんな」

僕の目の前にぺたんと座って、千紗都は責めるように言う。僕は膳から箸《はし》を取り上げて、しばらく返事を考える。

だって、平気なふりをしなきゃいけない。

亜希《あき》と夏生《なつお》が殺された、それくらいのことで（それくらいの？）ふさぎ込んで学校にも行かなくなっちゃうようなやつじゃない。《　》もそう言っていた。僕は、もっと、ろくでもないくらい面の皮が厚い——そういうふりをしないといけない。

「……夏生のね。遺言だったんだ」

ふと、そんな言葉が出てきた。千紗都《ちさと》ははっとして顔を上げる。

「遺言ていうか、電話で最後に話してたことってだけなんだけど。どうせ学校なんて行かなくても卒業できるって僕が言ったら、学校にはちゃんと行け、って夏生が」

それは、事実ではあったけれど、ほとんどでまかせに近かった。そんな重要な言葉じゃない。ただ千紗都に──それから自分に、言い聞かせるための、もっともらしい理由。

「でもっ。……兄様も具合悪そうだし、それならずっと家にいればいいのに」

千紗都はそう言って、うつむく。

なんでか知らないけれど、僕が朝ご飯を食べ始めても、千紗都は立ち上がろうとしなかった。ときどきちらっとこっちを伺うので、食べづらくてしょうがない。なんだろう。お相伴《しょうばん》したいんだろうか。あーんして、と言ってみようかと思ったけど、美登里《みどり》にすらあんな辛辣《しんらつ》なことを言われたんだから、千紗都ならどんな罵倒《ばとう》が飛んでくるかわかったもんじゃない。

「えっと……なに？　片付けなら自分でやるよ」

そう言ってみると、千紗都はぶんぶん頭を振る。

「そうじゃなくてっ。だから、あの……味、大丈夫？」

「え？　ああ、うん。いつも通り美味しいよ。美登里、料理したりして大丈夫なのかな」

昨日、あんなことがあって、眠れたんだろうか。僕だってほとんど一睡もできなかったのに。

あの奇妙な行列。血のにおいを漂《ただよ》わせて戻ってきた母様。思い出そうとすると、手足がひたひたと底冷えのする暗闇に浸っていくような錯覚にとらわれる。

美登里は色々気に病むたちだ。家事なんてやってる余裕あるんだろうか。お手伝いさんが来ない現状、料理する人は他にいないからしかたがないけど——なんて心配をしていたら、こっちをにらむ千紗都の思い詰めたような視線に気づく。

「……どうしたの？」

「なんでもない」

千紗都は怒ったように言うと、立ち上がった。

「早く食べ終わって片付けて！　奈緒《なお》ちゃんがまとめて洗い物してるから！　それでさっさと学校行っちゃえ、兄様のばか！」

木戸が音を立てて閉まり、その向こうで千紗都の足音が遠ざかる。僕はぽかんとして、危うく箸《はし》を落っことしそうになってしまった。

なんだあいつ？　なに怒ってるんだろう。

味噌汁を取り上げて一口含んだ僕は、ふと、その違和感に気づく。いつもの美登里の味とはちょっとちがう気がする。そういえば千紗都は味を気にしてたみたいだけど。

食べ終わって、膳《ぜん》を厨房に運ぶと、流しで洗い物をしている奈緒がいた。こちらも珍しく浅《あさ》黄《ぎ》色の着物の袖《そで》をたすきで絞っている。

「あ、マヒルおはよ。そこ置いといて、あたしがついでに洗う」

流しには、洗剤の泡まみれの皿や鉢やボウルが満載されていた。

「……えっと、なに、どうしたの？　洗い物まで奈緒《なお》がやるなんて」

「なんだよ。あたしが家事やったら変？」と、奈緒は頰《ほお》をふくらませる。「美登里《みどり》、今朝はかなり悪いらしくて、まだ寝てるの。朝ご飯は千紗都《ちさと》が作ったから、洗い物くらいあたしがやらないと」

「え……あ」

ようやく、腑《ふ》に落ちる。千紗都の怒っていた理由。

「けっこう美味しかったでしょ？　千紗都の作ったのも」

「あ、う、うん……」

僕は手で顔を覆《おお》った。それは——悪いことをしちゃった。言ってくれればいいのに。

膳《ぜん》を置いて部屋を出ようとすると、奈緒がちらと振り向いて言う。

「あー。あたしも」

「ん？」

「美登里に料理、習うから。ほ、ほら、任せきりはよくないし、もし……お嫁に選ばれたら、あたしが作らなきゃいけないんだし」

「……うん。しばらく毒味につきあうよ」

「毒味って言うな！」

僕は太ももに蹴りを入れられ、厨房から追い出された。

＊

僕の乗ったバスが学校に近づくにつれて、いくつも重なったサイレンの音が次第にはっきりと聞こえてきた。もう何度も聞いた、不吉を運ぶその響《ひび》きに、つり革を握った僕の手がこわばる。同じバスに乗った生徒たちが不安げに顔を見合わせる。

校門のそばにパトカーが何台も並んで赤色灯を回していた。救急車の姿もある。僕は高まる動悸《どうき》に急かされるように校門を抜けた。校庭の右手奥、プールのあたりに人だかりができていた。学生服の紺色の中に、制服警官の異質な紺色が混じっているのがはっきりとわかる。僕を追い越して、何人もの生徒がそちらへと走っていく。

「死体だって」

「また？」

「手足が」

「えーやだもう」

「すげえ血。もう真っ黒」

会話の断片が耳に飛び込んでくる。できればそのまま何事もなかったかのように教室に直行して机につっぷして昼休みまで眠って過ごしたかった。でも足は勝手にプールの方へと向いている。

また死体なのか。今度は、だれだ？　まさか。今朝、家を出る前のことを思い出す。千紗都《ちさと》と奈緒《なお》の顔は見た。美登里《みどり》の姿は見ていない。でもまさか。

気づくと小走りになっている。

「離れて！　教室に戻って！」

教師が警官と一緒に金切り声をあげて、学生服を着た野次馬たちを押し戻そうとしている。プールと体育倉庫の間の、狭い路地のようになった空間だ。そこに紺色の制服姿が大勢集まっている。

野次馬の目から現場を隠すための青いビニルシートが、警官たちの手によって張られようとしていた。僕は生徒の群をかきわけて、その一角に近づいた。

「こら、こっち来ちゃだめだ！」

身をかがめて警官の手をすりぬけ、のぞきこむ。別の警官が気づき、あわててビニルシートを持ち上げた。

一瞬だけ、それが見えた。

一瞬で充分だった。

地面に広がった血溜《ちだ》まりの中に、白いかたまりが落ちていた。一抱えほどもある巨大な洋梨のような形をしていた。洋梨のへたにあたる部分には、人間の頭がついていた。

青が僕の視界を遮《さえぎ》った。

「おい、こら！　離れろ！」

だれかの手が僕の肩を引っ張り戻した。

「馬鹿、見るなっつっただろうが！」

プールの側壁に手をついて嘔吐《おうと》している生徒がいた。たぶん、僕と同じように、見てしまったんだろう。

どうして洋梨に見えたのか——じわりと、僕の頭が理解し始める。首筋にぞわぞわと虫の行列みたいな悪寒が這《は》い上がってくる。死体に、両腕がなかったからだ。肩口に赤い肉がむき出しになっていた。切断されたんだろう。

そして、両脚もなかった。なかった、というより——下半身がおぞましい変異を起こしている、といった方がよかった。

腹が膨《ふく》れあがり、裂け目が走り、その裂け目の中に……中に……ぶつ切りにされた大量の肉片が押し込まれていた。

それでも、僕の鼓動はおさまりつつあった。

身体の熱が引いていく。

あの顔。知らない顔だった。妹たちのだれでもなかった。当たり前だ。今朝、みんな屋敷にいたんだから。また殺されるはずがない。そんなことが、あっていいはずがない。

「嬉しそうだね。面白いものだ」

不意に、《　》が言った。

「殺されたのは身内じゃなかった。それがそんなに喜ばしいことかい？　君らしいと言えば君らしいが」

僕は顔をこわばらせる。こんな、まわりじゅうに人がいる場所でも、こいつは出てくるようになったのか。

「君には根本的な認識の誤りがあるんだよ。悲しみとか喜びというのはつまるところ損得勘《かん》定《じょう》だ。しかし、死体という絶対的に不快なものを前にしたときに、人間は損得勘定をしたりしない。ただ、単純に気分が悪くなるのだよ。なにも考えられなくなる」

「喜んでなんて――いないよ。そういうふりしてるだけ。そうでなきゃ、今ここで吐いちゃうから」

「私に嘘をつくことより無駄なことは、この世の中にもそうそうないと思うがね。だいいちそれはだれに見せるための演技だというんだ。ここには、私と君しかいないのに」

「黙っててよ、ちょっと」

「黙らないさ。実を言えば私も少し嬉しい。君の反応式に変化が現れているからね」

白髪の男にこれ以上喋《しゃべ》らせないよう、僕は固く口をつぐんだ。プールに背を向け、校舎の方へと歩き出そうとした。そのとき、耳に、不吉な羽音が引っかかった。

振り向く。

プールを囲むフェンスの上だった。真っ黒で小柄な人影。風になびく長い髪。その肩から、今まさに鴉《からす》が飛び立つところだった。彼女は金属枠に腰掛け、膝《ひざ》を立ててその上に板のようなものを載せ、死体を見下ろしながら手を動かしている。

イタカだ。

藤咲《ふじさき》じゃない。それは、名前を視《み》なくても、その針みたいな目つきだけでわかる。死体をスケッチしているんだろうか。

僕以外に、彼女に気づいている人はいないみたいだった。ほんとうに、僕にしか視えていないんだろうか。

僕は校舎の壁沿いを、教員や警官たちに見つからないように、プールの裏側へと向かった。あいつには訊きたいことがたくさんあった。何者なのか。どうして伊々田《いいだ》市に来たのか。朽葉《くちば》嶺《みね》のまわりでいったいなにが起きているのか。

どうして——《　》のことが視えたのか。

そして、なにより、藤咲のこと。

僕がプールの裏手にまわり、イタカの横顔が下から見える角度まで近づいたとき、不意にイタカはスケッチブックを閉じた。天を仰いで息を吐く、その顔がなんだか苦しそうだ。青ざめている。

「――あ」

あれは。イタカじゃなくて――

僕がフェンスのすぐ下まで来たとき、彼女の上体がぐらりと傾いた。

お、落ちるっ？

身体は勝手に動いた。思いっきり伸ばした僕の両腕に、彼女の全体重が激突する。骨が悲鳴をあげたような気がした。雑草だらけの地面に、僕らはもみ合って倒れた。

「……いったぁ……」

肘《ひじ》と膝《ひざ》をぶつけてしまったらしい。僕が顔を上げると、彼女の身体は少し離れたところに仰向けに転がっていた。

はっとして後ろを振り返る。プールの壁が死角をつくっていて、今のところだれにも見られていない。よかった。僕はほっとする。

そっと彼女の身体に這《は》い寄って、顔をのぞきこむ。僕がひどくぶつけたぶん、頭を打ったりはしていないはずだった。気を失っているのだろうか。それでも、スケッチブックだけは大事そうに胸に抱えている。

落っこちる寸前のことを思い出す。あのとき、イタカから、藤咲《ふじさき》に戻るのが視《み》えた。

たぶん、はじめてここで見かけたあの日と同じだ。また寝不足かなにかで、イタカが引っ込んで――いや、寝てるわけじゃないぞ、これ。僕は藤咲の顔を見下ろす。まるで死んでるみたいに見える。ぴくりとも動かない。失神してるのか。

どうしよう、ここに放置していくわけにもいかないし……。僕はもう一度まわりを見回す。体育倉庫の方からはまだ大勢の声がする。いつもならともかく、今日はこんな場所にいたら、警察に見つかってしまう。

そのとき、僕の耳元で《　》がつぶやく。

「保健室かな。さっき養護教諭《きょうゆ》が、嘔吐《おうと》した生徒につきそって救急車に乗るのを見た。今ならだれもいないよ」

僕は白髪の男の横顔を見て、それから彼女の胸に視線を戻す。

「迷っている場合じゃない。早くしないとだれかに見つかるぞ」

僕よりも先に《　》が立ち上がる。

「……この娘に、訊きたいことがあるんだろう？」

しばらく考え込んだ後で、僕はうなずき、彼女の腋《わき》の下に腕を差し入れた。

言われた通り、保健室は無人だった。彼女の身体は驚くほど軽くて、奥のベッドまで運んで寝かせるのもほとんど手間にならなかった。靴を脱がし、毛布をかける。スケッチブックは脇の台に置く。

窓を細く開いた。冷たく心地よい風が入ってくる。保健室は北校舎一階の端にあって、窓から見えるのは中庭だけだ。南校舎を隔てた校庭では、まだ警察がウンカのように死体にたかって現場検証をしているんだろう。よかった、現場の様子が見えていたら、あの死体の様子をまた思い出して吐き気がぶり返してきそうだ。

ベッドの脇の丸椅子に腰を下ろした。

何人目だ？　亜希《あき》を入れて五人目？　それとも夏生《なつお》も数えて六人目なのか。警察はなにやってんだ。こんな、狭い田舎町なのに。

あの死体。噂には聞いていたけど、あんな――

やったやつは、正常じゃない。人間とは思えない。

天井からも、壁づたいにも、教室の喧噪《けんそう》がかすかに聞こえてくる。もうチャイムが鳴ったのになぜだろう、と少し考えて、思い当たる。教師たちが緊急の会議を開いているのだろう。授業どころかホームルームも始まっていないのだ。

今日は臨時休校になるかもしれないな、と僕は思った。

「ん……んう」

イタカがうなった。眉をひそめて、身をよじっている。

苦しいのかな。僕は少し迷う。

「迷うことはないよ。服をゆるめてやりたまえ」

ベッドの反対側にいつの間にか立っていた《　》が言った。

「こんなくだらないことで迷ってるときも、出てくるんだね」

「迷いごとに、くだらない・くだらなくないの区別なんてないさ」

「そう?」

「そう。すべてくだらないからね」

そのときに限っては、《　》に悪態をつく気になれなかった。

僕はイタカの襟元を、ほっそりとしていて白い首筋をじっと見つめ、たっぷり二分ほど迷った。イタカはコートの下に光沢のある生地の黒い服を着ていて、首まわりは高くぴったりとしていていかにも息苦しそうだった。

そっと手を伸ばして、イタカのあごの下のファスナを指でつまんだ。

鎖骨が見えるあたりまでファスナを下ろしたとき、またイタカが身じろぎした。僕は驚いて手を引いたが、その拍子にファスナが滑ってみぞおちのあたりまで開いてしまった。

イタカが自分の胸を掻《か》きむしるように服を引っ張った。ファスナがさらにじりじりと下りて、胸があらわになる。

下着はつけていなかった。僕はあわてて毛布を投げるようにしてかぶせた。

目を覚ますのではないかと思い、とっさに隠れるところを探す。

すう、すう、と規則的な優しい寝息が始まった。ほっと息をついて、椅子に座り直す。毛布を肩まで引っぱり上げようとしたとき、不意に彼女が僕の手をつかんだ。びっくりして身を引きそうになったけれど、彼女はそのまま寝返りを打って、僕の手を胸に抱き込む。なにかにすがりつくみたいに。

彼女の手は濡《ぬ》れたように冷たくて、かすかに震《ふる》えていた。だから、僕は動けなくなる。

これは、どっちなんだろう。意識がないときは、名前を読めない。でも、たぶん藤咲《ふじさき》なんだろう。おびえた手。やがて、彼女の体温が僕の手にしみ込んでくる。

藤咲とイタカは、ずっとこんな凄惨《せいさん》な事件ばっかり見て回ってきたんだろうか。こんな、僕と同い年くらいの女の子が、話し相手もいなくて、ずっとひとりで。

それが神様のくれた仕事だとしたら――

あんまりにも、ひどい。

ふと、脇の台に置いたスケッチブックに目をやる。やっぱり、あの死体をスケッチしていたのかな。イタカの画力で描き写したとしたら、たいそうものすごい絵になってるだろう。とても見る気になれなかった。

ところが僕はそこで、隣に立つ白髪の男の気配を感じる。

「……見たいの?」と、先に訊いてみた。

「よくわかっているじゃないか」と《　》は答えた。

「なんで。最近、出しゃばりになったよね、あんたも」

「なにか手がかりになるかもしれないよ。現場を写生していたのだとしたら」

僕は《　》の顔を見た。手がかり？

「そう。君の母御《ははご》が言っていたじゃないか。警察なんて役に立たない。この件は連中の手に負えるようなものじゃないよ。それならば、私と君とで、なんとかするしかないだろう」

なんとかする。僕が？　どうやって。

でも、なにかできることはあるかもしれない。たとえば、そう、身体のないこの白髪の男のかわりに、スケッチブックのページをめくること。

左手は彼女に握られたままなので、右手だけで、後ろから一ページずつめくっていく。ずっと白紙が続いた後、ようやく最後に描いたらしい絵にたどり着く。

「……え？」

それは死体の絵なんかじゃなかった。一株の植物の絵だった。図鑑に載っている写真さながらに、うねうねと蛇みたいに曲がりくねった根まで全部描いてある。葉はやや細く、枝の先端は珊瑚《さんご》みたいに細かく枝分かれしていて、黒い小さな実がいくつもついている。さっき描いていたのはこれじゃないのかな。でも、めくってもめくっても、植物の絵しか出てこない。

最後のページに戻ってみる。右下に、今日の日付が小さくコンテで書いてある。じゃあ、やっぱりこれなのか。なんで、植物の絵？

見慣れない植物だった。サイズはよくわからないけど、枝振りからして、あんまり高い木じゃなさそうだった。

「ラウ……なに？」

「ラウオルフィアだね」と《　　》がつぶやいた。

「ほら、根が蛇みたいだろう。別名が印度《いんど》蛇木《じゃぼく》。古い文献にも載っている薬用植物だよ」

「なんで……知ってんだ、そんなこと」

それは、《　　》への質問ではなかった。自分への疑問だ。

だって、こいつは——僕の知らないことを知っていていいはずがない。

言葉を失う僕をせせら笑うように、《　　》は言う。

「だから、言ったじゃないか。私は君の妄想の産物なんかじゃないって。まだ認めないのか」

嘘だ。そんなの嘘だ。朽葉《くちば》嶺《みね》の屋敷には、うさんくさい昔の医学の本もいっぱいある。なにかで読んで忘れている可能性だってある。僕は必死にそう言い聞かせ、ほとんど無意識のうちに左手の中にある彼女の手を握りしめた。

そのとき、彼女の手に少し力がこもった。

「……ん……う」

声が聞こえて、僕は振り向く。

彼女のまぶたが開いた。ぼんやりした瞳があたりを探る。それから、むっくりと上半身を起こす。毛布が肩から落ちて、はだけた胸を、長い黒髪が隠す。

彼女が僕を見た。まだ焦点のあっていない瞳。口の中が乾いた。イタカだ。藤咲《ふじさき》じゃない。なんで？　気を失う直前は、藤咲だったのに。

「……マヒル？」

イタカがつぶやいた。それから、視線を手元に落とす。握ったままの、僕の手。

いやな予感のする間の後、イタカはいきなり僕の手をシーツに叩きつけた。

「え……あ、いやちょっと待て痛い痛い！」

さらに、イタカは僕のワイシャツの袖《そで》を膝《ひざ》で踏みつける。挙げ句の果てに、懐《ふところ》から刃物のようなものを取り出して僕の左手に向かって振り下ろそうとしたので、僕は必死になって彼女の腕をつかんで止めた。

「やめろよ殺す気か！　落ち着けって！」

刃物かと思ったものは、油絵なんかで使う金属製のペインティングナイフだった。イタカはそれを取り落とすと、どんと僕の肩を突き飛ばしてベッドの隅まで這《は》って後退する。

「な、な、なんで、おまえがっ、わたしの、手を」

椅子からずり落ちた僕は、ベッドの端に手をついて身体を引っぱり起こす。なにすんだよいきなり。怒りのせいなのか、イタカの顔は紅潮《こうちょう》していた。

「そ、……そっちが、寝てるときに……握って、きたんじゃないか」

なんか説明するこっちも恥ずかしくなってくる。

「わ、わたしが？　あ……藤咲《ふじさき》か、くそ」

イタカは額に手をあてて、青ざめた唇を噛《か》んだ。やっぱり、一瞬だけ藤咲に戻ってたのは見間違いじゃなかった。それで、気を失っている間にまたイタカに入れ替わったのか。

「どこまでひ弱なんだ、この身体は。情けない」

「……また、具合悪いの？」

「寝てないだけだ。あいつ、死体見ただけで気絶するなんて」

イタカはそう吐き捨て、毛布を足下《あしもと》まで蹴飛ばす。と、自分の胸元を見下ろし、しばらく固まる。僕の背中も凍りついた。やばい。イタカはへそが見えるくらいまで下がったファスナをほとんど引きちぎるくらいの勢いで首まで引っぱり上げると、顔を真っ赤にしてペインティングナイフを拾い上げて振りかぶる。

「わ、わ」僕は椅子から立ってカーテンの裏側に避難した。「く、苦しそうだったからっ、ほんとだって、見てないからっ」

「見てないってなにをだッ」

ほんとに刺し殺されそうだったので僕は保健室の外に出ようと出入口まで逃げる。でも、細く開いた戸の隙間から、廊下に何人もの生徒の姿を見つけて、顔を引っ込める。やっぱり今日は休校みたいだ。みんな鞄持ってたし。いま僕やイタカが出ていったらだれかに見つかっちゃいそう。

おそるおそるベッドの方に戻る。カーテンの向こうで、イタカはベッドに腰を下ろして靴を履《は》いていた。もうペインティングナイフはしまったらしいので、僕は安心する。

「……もう少し、ここにいた方がいいよ。下校時間だから」

「言われなくてもわかってる」と、冷たい答え。「だいたいなんで、わたしはこんなとこで寝てたんだ。気絶してる間になにした」

人聞きの悪いこと言うなよ。

「フェンスから落っこちたから、ほっとくわけにもいかなくて、かついできたんじゃないか」

こんな目に遭《あ》うならほっとけばよかった、と思い始める。僕をにらんでいたイタカの顔がかあっと赤くなる。なにかもっと辛辣《しんらつ》な言葉が飛んでくるかと思ったけれど、ふいとあっちを向いてしまった。

「……忌々《いまいま》しい眼だ。潰れてしまえばいいのに」

ぼそりとイタカがつぶやくのが聞こえる。ひどい言われようだった。

「じゃあ、どうしておまえはまだここにいるんだ。さっさとどこかに消えろ」

イタカはいらだった手つきで、ようやく靴紐を結び終える。僕は、その険悪な語調にちょっと気圧《けお》されたけれど、そのままベッドのそばに戻って丸椅子に腰を下ろした。

「消えろと言ったんだ」

「やだ。訊きたいことがある」

イタカの眉がぴくんと跳ね上がった。

「おまえの質問に答える理由なんてわたしにはないぞ」

「このまま出てくつもりなら外にいる警察を呼ぶよ。現場に不審者がいた、って。そっちは警察関係者かもしれないけど、よそ者だろ。僕は朽葉嶺《くちばみね》の人間だ。地元の警察なら、絶対に僕の方を信用する」

自分で喋《しゃべ》っていて、吐き気がした。あれほど疎《うと》ましく思っていた朽葉嶺という名前を、僕はこんなやり方で使うのか。でも、ここでイタカを帰してしまうわけにはいかなかった。彼女はえぐるような視線でしばらくじっと僕の顔を見つめた後、ベッドに腰を下ろした。膝《ひざ》が触れ合いそうなほどの距離。

それから、イタカのため息。

「……わたしは警察じゃないぞ」

「え？」

だって、あのとき。亜希《あき》が殺された夜、署長とそんなような話をしていたのに。

「たしかに中央からの指示で動いている。警察からの資料だって受け取っている。でも警察とは別組織だ。この事件は、警察なんかの手に負えるものじゃない。だから、わたしのような者が式を打って——終わらせなきゃいけない」

しき？

式を、打つ。突然、イタカの口から出てきた、奇妙な言葉。僕はそれに聞き憶えがあった。いや、本で読んだんだったか。占いや呪術について書かれた、屋敷の蔵書。

「式って……式神のこと？　じゃ、ないよね、まさか」

「式神は知っているのか」

「ああ、うん……母様に昔、ちょっとだけ教わったことがある。よくわからなかったけど」

え、ちょっと待って式神のことなの？

「そうか。でも、朽葉嶺《くちばみね》の呪法は、陰陽師のものじゃないな。どちらかといえばアフリカか地中海の色が強い、ごく原始的な感染呪術だ。式じゃない。式はもっと——理論的なものだ」

「式神が、理論的？」

そんなのオカルトじゃないか。本気なのかこいつ？　でも、イタカは無表情に話を続ける。

「式神というのは、式の過程と結果に、なにか超自然的な人格が関与しているとした場合の呼び方だ。たとえば雨が降っているので、ちり紙で作った人形を軒先《のきさき》につるした。翌日雨があがった。どう思う」

「どう、って。そんなの偶然だよ」

「そう、偶然だと思う者にとっては偶然だ。しかしそうは思わない者もいる。人形を軒につるした、翌日晴れた。そこに因果関係を認め、その因果関係が何者かの手による作用だとし、その何者かに照る照る坊主という名前を与えたとき、これが式神となる」

「屁理屈にしか聞こえないんだけど……」

「それじゃ、おまえに訊くが」イタカは、コートの裏に手を突っ込むと、酒のポケット壜《びん》を一つ取り出した。「これは、なんだと思う？」

「なんだ、って……お酒の壜でしょ」

今度は左のポケットから、もう一本同じ大きさの壜が出てくる。こいつのコート、色んなものが入ってるんだなあ。なんで酒まで？

「壜は何本になった？」僕の目の前に突きつけて訊いてくる。

「……二本じゃないの」

「そうおまえは思うんだな。でも、現実には、二本の壜というのは存在しない。あるのは」

イタカは、壜を二本ともくるっとひっくり返した。ラベルがちがう。

「一本のウィスキーと、一本のブランデーだ。まったく同じものなんてこの世には存在しない。個々の差異を無視して、ともに『壜』というものに記号化する、おまえのその認識だって、屁理屈なんだ。その屁理屈で成り立っているのが、1+1=2という『式』だ」

「え、いや、その……」

壜《びん》の中の琥珀《こはく》色の液体を見つめながら、僕は言いよどむ。なにかものすごい詭弁《きべん》をまくしたてられた気がしたけど、言い返す言葉が見つからない。

「そもそもおまえは、これを壜だと言ったな。どうして？　現実にあるこれと、『壜』という名前をイコールで結びつけた、その『式』はどんな理屈で成り立っている？」

「どんな、って」

「ものの名前というのは人が勝手に決めたものだ。意味するもの《シニフィアン》と意味されるもの《シニフィエ》の対応に、集団幻想以外の根拠はない。だから――」

イタカは左手の壜をポケットに戻し、残った方をくっと目の高さに持ち上げて言う。

「わたしがこの壜を指して、鴉《からす》と呼んでも、わたしの勝手だということになる」

僕はしばらく呆けたようになってしまう。

「いや……そりゃ、勝手だけど」

「鴉に見えるか？」

見えるわけがない。

「持っていろ」

イタカは、ウィスキーの壜を僕の手に押しつけると、傍《かたわ》らの台からスケッチブックを取り上げた。組んだ膝《ひざ》の上で新しいページを広げ、コンテを取り出して、僕の手の中の壜を見つめながらスケッチを始める。なんでこんなもののスケッチするんだ？

カツカツというコンテの音を聴きながら、僕はしばらくの間、いたたまれないような、でも懐かしいような思いを味わう。

藤咲《ふじさき》と過ごした時間を包んでいた音。この音だけは、イタカでも変わらないんだな。そんなことを思う。まつげを伏せてスケッチブックにじっと目を落としている彼女は、どうしようもなく藤咲を思い出させて、少し、つらかった。どうしていなくなっちゃったのか。イタカに訊いたら教えてくれるだろうか。

できれば、もう一度、逢《あ》いたい。逢って話がしたい。

やがてイタカは、スケッチブックを裏返して僕に見せた。

「……え？」

そのページに描かれていたのは、一羽の鴉だった。紙いっぱいを使って、頭から尾羽までが克明《こくめい》に描き込まれている。

「なに、それ？」

「鴉だ」

「でも、だって」

そのとき――

僕の手元で、ばざばざばざっ、とけたたましい音がした。見下ろすと、そこには黒い影、黄色く光る眼。僕の手のひらに爪を食い込ませて、一羽の大きな鴉《からす》がいた。

「――う……ぅぁあああっ？」

僕はのけぞって、椅子から滑り落ち、思いっきり尻餅をついた。鴉はひょいと跳び上がると、ベッドとカーテンの間の狭い床に仰向けに倒れた僕の胸の上に乗っかる。くちばしが鼻先に突きつけられ、ガァ、という啼《な》き声。

なんで——そんな。僕は、今、壜《びん》を持っていたはずなのに。いつの間に鴉が。

「ビャッキー。そいつにあんまり近づくな。呪われたらどうする」

混乱しきった僕の頭に、イタカの声が響《ひび》く。鴉はぱっと翼を打ち振って僕の胸を蹴ると、イタカの肩に飛び移った。たしかに、鴉だ。いつも彼女が肩に乗せていた、あの鴉。

無理に呼吸をなだめながら、丸椅子の上に這《は》い登る。

「落ち着きがないやつだな」と、イタカが目を細めて言う。

「だ、だって、そ、その、鴉」

「見たんだろう。今のが、式だ」

今のが？

「認識によって、現実は記号と等号で結びつけられる。壜を捉えて鴉を描くことによって、壜と鴉はイコールで結ばれる。それから——」

等式の左辺と右辺を入れ替える。イタカはそうつぶやいた。

壜は、鴉に描き換えられる。

式。

信じられなかった。でも、僕はたしかにこの目で見た。

イタカが、スケッチブックによって現実を描き換えるところを。

そこで、僕は思い出す。さっき見たページ。曲がりくねった根を持つ植物の絵。

「じゃあ、あれも。あの……印度《いんど》蛇木《じゃぼく》とかいうやつの絵、も？」

「勝手に見たのかッ？」

イタカはスケッチブックを胸に抱いて、僕をにらむ。

「あ、ご、ごめん」僕はちょっとひるんだけれど、喋《しゃべ》るのをやめなかった。「どういうこと。なんで死体を見てたはずなのに、あんなの描いてたの？」

イタカは眉を寄せて、しばらく僕の眉間のあたりをじっと見つめていた。

「おまえも、あの死体を見たのか？」

訊ねられ、僕はぎこちなくうなずく。

「あれは柘榴だ」とイタカは言った。

僕には、その言葉の意味がしばらく呑《の》み込めなかった。

「ざ……くろ？」

「殺された女の死体がどうなっていたのか、見なかったか？」

僕はまざまざと思い出してしまう。両腕も下半身も切り落とされ、腹に裂け目を入れられた死体を。膨《ふく》れあがった腹部の中には——なにかが大量に詰め込まれているように見えた。

「柘榴《ざくろ》に見せるために、邪魔な手足を切り落とし、腹に切れ目を入れて開き、切り刻んで粒状にした肉片をいっぱいに詰め込んであるんだ。幼稚だが——あれも、式だな」

唐突《とうとつ》に、吐き気がこみあげてきた。僕は口を押さえ、立ち上がろうとして足をもつれさせ、カーテンレールに頭をぶつけた。喉《のど》がまくれあがりそうだった。直接見たときだって、ここまでは気持ち悪くはならなかったのに。

「じゃあ」酸っぱい味でいっぱいになった口から、言葉を吐き出す。「あれは——柘榴を印度いいい、い、い、蛇木に書き描えたのか」

「そう」

「なん……だよ、それ？　なんなのか全然わからないよ。そんな、そんなことして、なんになるんだよ」

「それは、聞かない方がいい」

「聞かない方が——聞かない方がいいだって？　じゃあ最初から話すなよ。僕だって、こんなの、聞きたく、なか、った」

「それなら、なにを聞きたかった？」

僕の思考が止まった。

なにを？　僕は、なにを——

「わたしにこんなにも喋《しゃべ》らせて、おまえはどうするつもりだったんだ」

どうするつもりだったのかって？　そんなの、きまってる。

「……犯人を、見つける」

亜希《あき》と、夏生《なつお》を殺したやつを。警察が役に立たないのなら、僕が、この僕の手で。

「なにか知ってるんだろ。犯人のこと」

僕の口から漏れる声は、自分でも気づかないうちに、どんどんどす黒さを増していく。イタカはベッドに腰掛け、鴉《からす》の喉をなでながら、なんの色も浮かんでいない瞳で僕を見上げる。

「やったのは人間じゃない」

人間じゃ、ない？

そうつぶやくイタカの顔は、翳《かげ》っていて、なんの表情も読み取れない。

「GOOs《グース》」

「はるかな——数千年の昔、この惑星に降り立った。人の間に潜み、喰らい、蝕《むしば》み、生き延びてきた、古い狂気の眷属《けんぞく》。わたしも、その白髪の男も」

僕の全身がこわばる。喉が引きつる。それでも、言葉をしぼり出す。

「……亜希や叔父さんを、殺したのも？」

イタカは唇を嚙《か》みしめ、少しの間迷ってから、答えた。

「そうだ」

化け物？

ほんとうに、化け物、なのか。そんな。

「もし、ほんとうに知りたいのなら、調べてみればいい。今から十九年前にも、同じようにこの伊々田《いいだ》市で、若い女が四人殺された事件があった」

「それは……」

「四十年ほど前にも、同じ事件があった。女が四人殺害されて投棄《とうき》されていた。その記録はもう、抹消されているだろうが。そうやって」

イタカは、スケッチブックを閉じた。

「そうやって、何百年も、同じことを繰り返して、生き延びてきたんだ」

わからなかった。イタカがなにを言っているのか、なんのことを言っているのか、わかるはずなのに、僕の頭はそれを拒否していた。

「でも、もう終わらせる」

イタカはそうつぶやくと、ベッドから立ち上がった。

いつの間にか、部屋の外からは足音も話し声も聞こえなくなっている。どれくらい、イタカと話していただろう。わからなかった。僕の手足は、半日ぶっつづけで海を泳いできたみたいに萎《な》えていた。椅子にへばりついてうつむく僕の前を、イタカが通り過ぎようとする。

そのとき、僕の隙間だらけの心に、《　》が滑り込んだ。

「では、私は放っておく気かい？」

そう言って《　》は——僕は立ち上がった。

白髪の男の姿は、どこにも見あたらなかった。そのかわりに、僕の両腕は、まるで縛られたかのように動かなかった。息が詰まりそうになる。

黒髪がひるがえって、イタカが振り向く。ぞっとするほど鋭い目。肩の鴉《からす》が、威嚇《いかく》するように短く啼《な》く。

「ずいぶんしゃしゃり出てくるようになったな」

「君は狩人なんだろう。しかし、私のことは捨て置いてくれるようだからね。それに、まだ私の訊きたいことに答えてもらっていない」

「引っ込んでいろ。自分の名前も知らない囚人が」

「私の名前は、この子が見つけてくれるよ。そのためにも知りたいんだ。わかるかい、君のようになりたいんだよ。だから答えてくれ、私の質問は簡単だ。犯人はだれだ？」

僕は《　》の言葉を止めようとした。でも、できなかった。指一本動かせなかった。イタカは目を伏せて言う。

「教えない」

「なぜに」

「教えたら、藤咲《ふじさき》が哀しむ。だから」

「宿主の希望を通すとは滑稽《こっけい》だね」

「犯人を知って、どうするつもりだ？　貴様はもう決めているかもしれないが、マヒルはまだなにも選べない」

「賛成一票、棄権一票の多数決で決定だよ。だからこそ、教えないのだろうが——まあ、いい。君のその態度だけで、おおよそのところは見えた。感謝するよ」

「だろうな」

イタカはまた踵《きびす》を返そうとする。その横顔を見て、僕はなぜか絶望的な気持ちになる。待って。僕を、置いていくのか。

「私を止めなくていいのかい」と、あざ笑うように《　　》が言う。

「それはわたしじゃなくて、マヒルの仕事だろう」

ちらと振り向き、イタカは答える。

「今、ここで一時的にこの身体を奪って、君を背中から襲うこともできるというのに？」

イタカは顔をしかめた。

「マヒル。なにをしている。自分の身体も守れないのか」

ぎ、ぎ、というわけのわからない音が僕の喉《のど》から漏れる。動かない。腕も脚も、僕の意思が届かない。ねっとりした闇の中に、じわじわと沈んでいく恐怖。吐き出そうにも、声が出ない。なんだよこれ。どうなってるんだ。僕の、身体を奪うだって？

だれかが背中から抱きついてくるような感触が僕の意識を襲う。強く胸を締めつける太い腕。頬《ほお》と首筋に、だれかの髪が触れる。耳元で、《　》の声が、僕の知らない言葉でなにかをつぶやいている。触れ合った肌がにちゃりと同化して、そこから僕の中へぞぶぞぶとなにかが侵入してくる。やめろ。やめろ！　僕はそれを振り払おうともがいた。体中の筋がねじ切れそうな痛みが返ってくるだけだ。抗《あらが》えない。入ってくるな。僕の、中に、入ってくるな！

「マヒル、ばか！　わたしみたいになりたいのか！」

目の前でだれかが叫ぶ。黒い影、ぼんやりと白い顔。イタカだ、そうだイタカだ。助けて。僕はだんだんとあたりを浸していく暗闇の中で、《　》がつぶやく泡のような声の中で、自分の身体を掻《か》きむしった。助けて！

イタカが舌打ちし、懐《ふところ》からなにかをつかみ出す。鈍く光る——ナイフ？

コートを脱ぎ捨てると、イタカはそれを逆手に握り、自分のもう一方の二の腕に振り下ろした。一瞬、その痛みが僕にも伝わってきたような気がした。闇でぼやけそうになっていた僕の視界に、血の赤が混じる。彼女のうめき声。突き立った刃の根元から、指先に向かってしたたる赤。その指が僕の顔に近づいてくる。

そして——

「……マヒルさん！」

彼女の声。握られた僕の手を濡《ぬ》らす血。

「マヒルさん、その男の声を聞かないで、わたしの——」

藤咲《ふじさき》の言葉をかき消すように、耳の中で《　　》の声が膨《ふく》れあがる。僕は、藤咲の手を握り返した。動く。指だけは、動く。手にだけは感触が戻っている――引きつるような、痺れるような、これは、痛み？　藤咲の、傷口の痛み。

「わたしの痛みだけ聴いて、だめです、行っちゃだめ、お願い、だめ……」

僕は必死に、藤咲の声にすがりついた。腕から肩に、焼けるような痛みが広がって、感触が戻ってくる。たぐり寄せる。僕を水底に引き込もうとする、背中からの腕の力が強まる。つぶやきが耳の中に直に流し込まれる。僕は押し潰されそうになりながら、《　　》の声をかきわけて藤咲の声を探した。また遠ざかろうとする体温に、しがみつく。手を離しちゃだめだ、離したら、もう二度と――

気づくと、僕は仰向けに倒れている。

ちかちかとまぶしいくらい白い天井。消毒液のにおい。蛍光灯。

全身がけだるい。でも――

指を動かしてみる。脚の感触を確かめる。僕の、身体。まだぼんやりと、意識が何センチかずれているみたいな感覚だけれど。

戻ってきた。あの、怖気《おぞけ》の立つような穴の中から。

身体の痺れがひいていくにつれ、なにかが僕の上に乗っかっていることに気づく。首を持ち上げようとすると、うなじの皮膚がめりめりと痛んだ。

藤咲が、僕とぴったり重なって、うつぶせに倒れていた。光沢のある袖《そで》無しの黒い服から伸びたむき出しの腕――左腕が血まみれだ。僕は驚いて上半身を起こす。

「……う、……あッ」

藤咲もまぶたを開き、とたんに顔を痛みで歪める。近くの床には、血で濡れたペインティングナイフが転がっている。僕はぞっとして、あのときのことを思い出す。イタカが自分で自分の腕を突き刺したのだ。藤咲に戻った後も、突き立てた刃をぐいぐいと動かして傷口を広げていた、なんて、なんて無茶をするんだ、こいつは。

「う、動かないで。止血するから」

僕はそうっと藤咲の身体をどけると、棚に駆け寄って片っ端から引き出しを開ける。保健室で助かった。消毒液も、包帯もガーゼもテープもすぐに見つかった。腕の付け根をきつく縛って、ようやく出血が止まる。

「ご……めんなさい、マヒルさん、また……」

なんでだよ。なんで、藤咲《ふじさき》が謝るんだ。

なんで、こんなことを。

僕の腕も、服も、それから床も、血で汚れていた。残らず拭き取っても、まだにおいがあたりに漂《ただよ》っているような気がした。

藤咲は青い顔をして、壁際の床にへたり込んだ。唇が紫色だ。だいぶ血が出たからだろう。肩に戻ってきた鴉《からす》が、その顔を心配そうにのぞきこんでいる。藤咲の血で汚れた雑巾《ぞうきん》を握りしめて、僕は唇を噛《か》みしめる。

「……なんで、あんなことしたんだよ」

思わず、きつい言葉が出てくる。藤咲が手を引いてくれなきゃ、あのまま呑《の》み込まれてたかもしれないのに。でも。自分の腕を刺すなんて。

「わ、わたしたち、自分の意思で入れ替われるわけじゃないんです」

藤咲は無理に笑ってみせる。

「それで、怪我すればイタカは引っ込みますから。わたしに戻るために、そうするしかなかったんです」

どうして。どうして、藤咲に戻らなきゃいけなかったんだ。そんなことまでして。

「わたしって、生まれつき耐性があったんだって、蓮太郎《れんたろう》が言ってました。あ、あの、蓮太郎っていうのはイタカの上司さんです」

「……耐性？」

「わたしが全部イタカに呑み込まれないで、半分残ったのは、そういうことなんだって」

全部呑み込まれる——そう、イタカはなんと呼んでいたっけ。萎《な》えきった頭で記憶を探る。

人の間に潜み、喰らい、蝕《むしば》み、生き延びてきたものたち。イタカも、《　》も、そうなのか。

でも、藤咲の半分は、喰われずに残った。耐性。

「だから、わたしが呼べば……マヒルさんは戻ってくるかもしれない。そう——思って」

そんなことのために。僕は、床に落ちたペインティングナイフに目をやる。

僕なんかのために。

藤咲のすぐそばに、僕はしゃがみ込んだ。立っていると、膝《ひざ》が震《ふる》えて崩れ落ちてしまいそうだった。

「マヒルさんには、わたしみたいになってほしくない」

その言葉で、僕はもうほとんど泣きそうになって、顔を腕に埋める。

藤咲も、これを味わったのか。そうして、自分だけの力で、半分残った自分自身にしがみついて、守った。僕には、そんなことはできそうにない。じゃあイタカは、なんで藤咲と同じことを言って、藤咲と同じように僕のためにナイフを自分の腕に突き立てたんだろう。あいつは藤咲を喰らった化け物のはずなのに。

あるいは、藤咲もまた化け物の半分を呑み込んで、二人は入り交じったのかもしれない。

だって、ときおり、イタカの中に藤咲《ふじさき》のしぐさを感じることがある。

この娘は、なんて——強いんだろう。

「……ごめんなさい」

藤咲のつぶやきが聞こえ、僕は頭を持ち上げる。泣きそうな、青白い顔。

「わたしが、ここに来なければ。マヒルさんも、こ、こんなっ、ひどいことに」

その大粒の瞳にじわりと涙が浮かんで、言葉の最後をにじませてしまう。僕は、なにも言えなかった。藤咲が謝る理由なんてなにもないのに。僕の方から、言わなきゃいけないことがたくさんあるはずなのに。

「やっぱり。わたしたちは、もう、逢《あ》わない方がいいです」

でも、言葉は出てこなかったし、立ち上がることさえできなかった。壁に背中をこすりつけるようにして立った藤咲が、床のナイフとコートを拾い上げ、黙って部屋を出ていくのを、ただしゃがみ込んで見送ることしかできなかった。

あんなに、また逢いたいと思っていたはずなのに。

＊

朽葉《くちば》嶺《みね》の屋敷に戻ったのは、もう昼過ぎだった。あの後、保健室の血をもう一度きちんと拭き取ったり、汚れたシャツを捨てて着替えを探したりしていたら、かなり遅くなってしまったのだ。門をくぐるなり、玄関から浅黄《あさぎ》色の着物を着た小さな人影が駆けだしてきて、僕に飛びついた。

「ばか！　マヒルのばか！　心配したんだぞ携帯にも出ないし！」

奈緒《なお》が泣きそうな顔で噛《か》みついてくる。

「え、な、なに？」

もう一つのあわただしい足音――なぜか学校の制服を着た千紗都《ちさと》が、小走りに玄関先に出てくる。こちらはまぶたが腫《は》れているのがはっきりわかるほどに涙ぐんでいる。

「が、学校でっ、死体が、って……電話があって、休校だって……なのに兄様帰ってこなくて、それで、それで」

千紗都の涙声。

「あ……ああ、そうか……」

心配されるのも当たり前だ。藤咲のことや、《　　》のことで頭がぐちゃぐちゃになっていて、そんなことにも気が回らなかった。あの日、電話口の向こうで夏生《なつお》が殺されたとき以来、電話がかかってくるのがなんとなく怖くて、ずっと電源を切っていたのだ。

僕は奈緒の頭をそっとなでた。

「ごめん。心配かけちゃって」と、千紗都にも声をかける。

「心配なんてしてない」

千紗都《ちさと》はむくれる。

「兄様のお昼ご飯、抜きだから。もう後片付けもしちゃったから！」

そう言って、千紗都は玄関口に引っ込んでしまった。ぴしゃりと音を立てて戸が閉まる。

奈緒《なお》が、ぐりぐりと僕の胸に拳を押しつけた。

「あとでちゃんと千紗都に謝りなよ、マヒル」

「う、うん……」

「あんまり帰りが遅いから、母様の言いつけも聞かないで、学校まで迎えに行くとか言い出したんだ、あいつ」

あ……それで制服着てたのか。僕はなんだか情けなくなって、うつむいて奈緒の頭を見つめる。僕を待ってくれている、家族。

また狙われるかもしれない。僕は血溜《ちだ》まりに倒れた亜希《あき》の姿を思い出してしまう。夏生《なつお》の光を失った瞳も思い出してしまう。あんなのは、もう、いやだ。絶対に。

犯人を、見つける。僕はたしかに、イタカに向かってそう言った。今では、あれが自分の言葉なのか、《　》に突き動かされた言葉なのか、確証がなかった。僕はあまりに弱くて、自分の肉体すらたやすく手放してしまう。

でも、やらなくちゃいけない。

人間ではない、とイタカは言った。自分や、あの白髪の男と同じ、化け物の所業《しょぎょう》だと。

それなら。僕にも——その化け物に喰われそうになっている、どうしようもないほど弱い僕にも、できることはあるかもしれない。

美登里《みどり》はまだ自室で臥《ふ》せっていた。それでも僕が部屋に顔を見せると、ぱっと布団をはねのけて起き上がる。

「お兄様。よ、よかった。帰ってこないから……」

「うん、ごめん。……ちょっと寄り道してただけなんだ」

薬と水を載せた盆を手に、僕は寝室に入った。八畳の部屋は、奈緒や亜希の寝室とはちがって片付いている。部屋の隅の文机《ふづくえ》にも、鏡台にも、生けた花が飾ってあった。

薬を飲ませ、氷枕《こおりまくら》を取り替える。美登里の額に手をあてると、だいぶ熱は下がっている。でも、僕の手の下で美登里の顔はぽっと赤くなった。

「……どうしたの」

「な、なんでお兄様が薬を持ってくるんですか。恥ずかしいです」

「なんで今さら。昔からよく熱出して倒れてたじゃないか」

「そうだけど……」

美登里《みどり》は、額に置かれた僕の手を持ち上げてどかした。ところが、そのまま胸に置いて、握りしめて離さない。

「でも、母様の身体の弱いところ、似たのがわたしだけでよかった」美登里の微笑みは、作り笑いに見える。「みんなそうだったら、お兄様が大変ですもの」

「きっと、美登里が全部ひとりで遺伝しちゃったんだよ」

「それでみんな元気なら、いいです。みんな——」

美登里は口をつぐんだ。僕も思わず目をそらす。

亜希《あき》のことを思い出してしまったんだろう。

「お兄様。昨日のは、夢、ですよね」

目を閉じ、美登里はつぶやいた。僕の背中はこわばった。

昨日の真夜中に、二人で見た、狩井《かりい》の屋敷から続く不気味な行列。血のにおいを漂《ただよ》わせて戻ってきた母様。悪い夢。

「うん」

僕はそっと答えた。しばらくして、僕の手にからんだ指の力が抜け落ちる。美登里は穏やかな寝息をたて始めた。

僕はそっと美登里の部屋を出た。廊下を歩きながら、昨夜のことをもう一度思い出そうとする。狩井の家での祭事《さいじ》だと母様は言っていた。真夜中に山を下りていった集団。美登里の記憶が確かなら、ここ最近、何度か同じことがあった。

そして、今朝。

学校の敷地内に棄《す》てられた、おぞましい——イタカによれば、柘榴《ざくろ》に模された——変死体。

つなげて考えたくはなかった。けれど、考えずにはいられない。

ずっと昔から、同じことを繰り返してきた。そうイタカは言っていた。

それから、夏生《なつお》も——だ。あの日の朝に。

皮膚の下を、ぞわぞわした悪寒が這《は》い回る。それでも、もう縮こまっているわけにはいかない。夏生の診療所だ。夏生は、なにかを知っていた。診療所にあるものを調べた、と言っていた。そのせいで……殺された？

ともかく診療所に行ってみよう。もう外は暗くなり始めているし、林の中を通って行けば狩《かり》井《い》の人間には見つからずに済むはず。

「マヒルさん」

勝手口に向かおうとした僕は、背中から呼び止められた。びくりとして振り向くと、暗い廊下に濃い紅色の小袖《こそで》姿がゆらりと立っている。母様だ。

喉《のど》がひりつくのが自分でわかった。それでも、言葉をしぼり出す。

「……母様。連絡もしないで、すみませんでした」

「いえ。どちらに寄り道を？」

怒りの気配すら浮かんでいない穏やかなその顔が、かえって怖い。

「その……気分が悪くなって、ずっと保健室に隠れて寝ていたんです」

「まあ」

母様は足音をたてずに近寄ってきた。そこで小首を傾げ、「あら。このにおい」と、僕にほとんど密着するようにして鼻を寄せてくる。まずい。藤咲《ふじさき》の血のにおいだ。水で洗って着替えたくらいじゃ、母様の嗅覚《きゅうかく》はごまかせない。突っ込んで訊かれたらどうしよう——と、肝を冷やしていた僕から、母様はすっと身を離した。

「気のせい、かしら」

あ、あれ？　母様、鼻を悪くしてる？　よほど体調が悪いんだろうか。

でも、熱を出して寝込むことはよくあったけれど、鼻がきかなくなるようなことは一度もなかった。どうしたんだろう。もっと深刻な病気かなにか？

「ともかく、あなたは朽葉嶺《くちばみね》の婿《むこ》。大事な身体です。自重なさいませ」

「……僕のことは、心配してくれるんですか」

それは、思わず口をついて出てしまった言葉だった。しんと冷たくなっていく母様の目に射すくめられて、僕はほんの少し後悔する。でも、もういい。訊いてしまおう。

「ごめんなさい。母様は、亜希《あき》が……いなく、なってしまってからも。なんだか——」

「あなたは」

母様の、転がる枯れ葉みたいな声が、僕の言葉を遮《さえぎ》る。

「枝の一本を切り落とされてしまった樹の痛みがわかりますか」

答えられない僕の手を、母様はそっと握って持ち上げる。なんて冷たい手だろう。

「亜希《あき》を喪《な》くした私の気持ちというのは、そういうものです。ただ、そこにいない。哀しむことでさえない」

母様はそう言って目を伏せた。哀しむことさえ、できない。

僕は、なにかひどいことを、訊いてしまったんじゃないだろうか。胸になにかがつかえた。

「でも、その痛みで枯れゆくわけにはいかないのです」

母様は、顔を上げる。そこにあるのは、亜希と同じ笑い顔。

「たとえ枝も幹も朽ちたように見えても、生きている限り、新しい芽吹《めぶ》きがあります」

僕はもっとずっと後になって、何度も何度も、母様のこの言葉を思い出す。僕への慰《なぐさ》めの言葉なのか、自分の気を保つために言い聞かせているのか――そのときはそう思っていた。でもちがった。母様は、まったくほんとうのことを言っていたのだ。

立ちつくす僕のそばを通り抜け、書斎の方へと歩き出しかけた母様は、不意に立ち止まって振り向く。

「昨晩の、こと」

「え、あ、は、はい」

僕は再び汗を凍らせる。

「見ましたね?」

張りついたような母様の笑み。僕は、うなずくしかない。

「美登里《みどり》も、見たのですね」

しばらく、僕は母様の視線に捕らえられ、立ちつくしていた。血のように紅いその唇に、呑《の》み込まれるような思いを味わう。

やがて、母様の唇が言葉をかたちづくる。

「お忘れなさい。いずれ教えます。美登里には、私から言っておきます」

そう言い置くと、母様は、僕の脇をすっと通り抜け、廊下の角を曲がって消えてしまった。かすかな足音が聞こえなくなってから、僕はようやく自分が後ろに回した右の手首を左手できつく握りしめていたのに気づいた。指を離したあとが真っ白になるほどに。

＊

十二月の日没は早い。こっそりと東門から出たときにはもう林の木々の間は真っ暗になっていた。木の根で歩きづらい斜面を、狩井《かりい》の屋敷のある中腹に向かってまっすぐ下りていく。足《あし》下《もと》がほとんど見えないので、何度か転びそうになり、そのたびに木の幹にしがみついた。

やがて林が開ける。ちょうど診療所の裏手だった。小さな建物の輪郭《りんかく》の向こうには、庭を挟んで立つ、でっぷりとした構えの狩井《かりい》の屋敷が見える。

枯れ葉を踏み分けて林から抜け出た僕は、診療所にそっと近寄った。たぶん入り口には鍵がかかってるだろうけど、夏生《なつお》に呼び出されたときにいつも使っていた上げ窓から、こっそり中に潜り込む。

真っ暗な中に、朽ちた木と、アルコールと、古びた紙のにおい。僕は窓のカーテンを引くと、机を手探りし、電気スタンドを点けた。

机のまわりを見回し、落胆する。棚を埋め尽くしていたファイルや本、書類などが、ごっそりと消えていたのだ。空っぽの棚はひどく寒々しい。

そういえば警察が来てたから、全部持っていかれたのかな。それとも、狩井の人間が処分した？　そっちの方があり得る話だった。僕は深くため息をついて、かつて夏生が使っていたぼろぼろの椅子に腰を下ろす。けっきょく、なにもわからないままだ。

夏生はなにに気づいたんだろう。今、僕の胸の中でもやもやとわだかまっている疑いに、夏生もたどり着いてしまったんだろうか。無理な話じゃない。夏生は知ることができる立場にいたんだから。狩井の次期当主。

それでも、まだどこかに信じたくない気持ちがあった。化け物が殺した、なんて、たとえイタカの奇妙な力を見せつけられた今でも、まだ信じたくなかった。

だって、それがほんとうだとしたら。

僕の、このろくでもない予想がみんな当たっているとしたら――

「……あ」

ふと、僕はそれを思い出す。自分のすぐ足下《あしもと》。事務机の下の床。夏生は、ここに酒が隠してあったと言っていた。

酒だけだっただろうか？

机の下に潜り込む。暗いせいもあってまったく見分けがつかないが、ぐいぐいと押してみると動く部分があった。切れ目を探り出し、爪をかけて、引っ張り上げる。

アルコールのにおいがむわっと広がった。五十センチ四方ほどの狭い収納空間に、ぎっしりとボトルが並んでいる。それだけじゃなかった。床板を押さえる僕の手は震《ふる》えた。ボトルの間に押し込まれているのは、いくつものファイルやノート。

残らず取り出し、震えのおさまらない手で机の上に広げる。ノートやファイルのページにはひどく古いものがあった。黄ばんでいてインクはかすれ、触れただけで紙がぼろぼろになりそうだ。新しいページに書かれた字には、夏生の筆跡もあった。

僕は電気スタンドのか細い明かりの下で、その大量の資料を読みふけった。寒気が止まらなかった。指先はひっきりなしに痙攣《けいれん》し、耳鳴りもしてきた。

「……大したものだね」

言葉も出せない僕のかわりに、《　　》がつぶやく。また出てくるのか。もう、僕はこいつを押しとどめることができないのか。

「あれくらいで、懲《こ》りる私だと思ったかい」可笑《おか》しそうに《　　》は言う。「それに、今は君も私の知識が必要なときだろう。ほら、だから、狩井《かりい》の家には医者が必要だったわけだ。産婦人科医がね。こんなものは、表沙汰にはできない」

僕はがくがくとうなずく。悔しいけれど、《　》の言う通りだった。

こいつにはたしかに、僕が持っているはずのない知識がある。

ファイルの一つは、カルテだった。僕には読めないはずのそれが、《　》には読むことができた。何代にも渡って続いてきた、朽葉《くちば》嶺《みね》の女当主の出産記録。

朽葉嶺早苗《さなえ》は二十一歳で四つ子を出産した。そのとき、肉体的には完全に処女だったと記録されている。僕は――《　》はその部分を何度も読み返した。間違いなかった。

夏生《なつお》の言葉を思い出す。母様の夫は、僕が生まれるずっと前に亡くなっていたと。そのカルテもあった。僕は震《ふる》える手で死亡日時を確認した。何度計算しても、それは四つ子が生まれる四年前だった。

朽葉嶺に、婿《むこ》は必要ない。

夏生の言葉。まったく、そのままの意味で――必要ない。

まさか。そんな。嘘だ。

僕の手はカルテを何代も遡《さかのぼ》る。母様の母。その母。記録にある限り、すべて同じ。

「ああ、美しい家系図だね。芸術といって差し支えない」

開いたノートに貼り付けられた黄ばんだ紙を目にして、《　》はうっとりした声で言った。

そこに朱書きされていたのは、たしかに朽葉嶺と狩井の家系図だった。

なんだこれは。

なんなんだ、これは。

ほんとうに、繰り返しているのか。

朽葉嶺の家の系統樹に、整然と四つずつ並ぶ女の名前。母様もまた、四人の姉妹の一人だった。その母もまた――はるかな、数百年の昔から、脈々と続く……

揺るぎない一本の樹に、からみついて広がる蔦のような狩井の血筋。当主に選ばれなかった残りの三人の姉妹は、狩井の家に嫁ぎ、しかし、必ず継嗣会《ひさねえ》から数年の内に、三人ともまったく同時期に死んでいた。どの代も、そうだった。だから、当主にならずに子を残せた朽葉嶺の女は少ない。それでも、狩井の家系にいくらか朽葉嶺の血筋が混じっているのはたしかだ。

僕の指が、《　》の意識に動かされて、ファイルをたどり、照合する。三人が死んだ日というのは、朽葉嶺の当主に次代の四つ子が産まれた、まさにその日だ。

ぎいん、と音がした。

気づくと僕は立ち上がっていた。膝《ひざ》がぶるぶると笑っている。椅子が後ろに倒れた音だと思い至るのにしばらく時間がかかった。叩きつけるようにファイルを閉じる。

「……嘘だ」

吐き出した。

こんなことがあるはずない。ほんとうに、ほんとうに、化け物の家系なのか。亜希《あき》も、美登里《みどり》も、奈緒《なお》も、千紗都《ちさと》も……化け物の、血を継ぐ……

そんなのは嘘だ。

「認めないで、そうやって虚言《きよげん》を並べているつもりかい」

僕は両手を机に叩きつけて《　》の言葉を断ち切った。

わかってる。認めろ。

それじゃあ、昨日の夜見たあれは、なんだ？　狩井《かりい》の家から下りていった白衣の集団。狩井の祭事《さいじ》。そして、学校の敷地で見つかった、呪わしい変死体。

不吉な予感が腋《わき》の下をまさぐる。僕はまだ震《ふる》えの残る手で、ファイルとノートをかき集めた。すると《　》の声が漏れる。

束ねた資料をまとめて床下に突っ込もうとしたとき、僕はそれを見つけた。あのとき、夏生《なつお》が教えてくれた不動産屋。

『おまえだけは、ここから出て行ける』

夏生の言葉がよみがえる。僕は震える手で携帯電話を取り出すと、その番号と住所をメモした。床板をはめ直し、電気を消す。

窓から外に出るとき、不意に風が強まった。《　》はまだなにか言いかけていた。僕は息を止めてその言葉を黙殺し、山の斜面を駆けだした。

その夜、屋敷の寝室で、布団の上にしゃがんでじっと考えていた僕は、ようやく逃げることを決めた。美登里と奈緒と千紗都を連れて、この町から。もう、それしかない。

屋敷の一角に、たまにやってくる税理士が使う部屋があった。夜半過ぎを待ってそこに忍び込んだ僕は、金庫の中から僕名義《めいぎ》の通帳を探し出した。懐中電灯の光の中で、残高を見てぞっとする。たしかに、逃げられる。僕みたいなガキが熱に浮かされたような頭で考えついた逃亡計画を、実行できてしまうだけの金額がそこに書いてある。

だから、僕は止まれなかった。通帳と印鑑をポケットにねじ込んでそっと部屋に戻った。

翌朝、制服に着替え、学校に行く振りをして屋敷を出ると、普段は使わない駅方面行きのバスに乗った。馬鹿じゃないのか僕は。バスに揺られながら、何度もそう自問する。妹を三人も連れて家から逃げ出すなんて、正気の沙汰じゃない。

でも、朽葉嶺《くちばみね》の家は、狩井の家は、そもそも狂ってる。だったら。

夏生が教えてくれた不動産屋は隣の市にあった。一度も行ったことのないそのわりと大きめな駅で降りた僕は、バスロータリーで、まず不動産屋に電話してみる。ところが、『おかけになった番号は現在使われておりません』のアナウンスが返ってくる。おかしい。夏生《なつお》が番号を間違えて憶えていたんだろうか。

もやもやした不安を抱えながらも、僕は先に、駅のそばにあった銀行に行ってみた。母様が気づいて、口座を差し止めるかもしれない。いくらか引き出しておいた方がいいだろうか。そう思って窓口に申し出てみる。

「……朽葉嶺《くちばみね》様」

受付の女性が、すぐに僕を呼び戻した。

「申し訳ございませんが、こちらの口座は現在、お引き出しができません」

「え……ど、どうして」僕ははっと口をつぐむ。まさか。

受付の人が奥に引っ込んで、どうやら支店長らしき年配の男性を連れて戻ってくる。僕は応接室に連れていかれた。逃げ出そうかと思ったけれど、そんなことをしたらかえって不審に思われる。

「朽葉嶺マヒル様でございますね。お初にお目にかかります」

支店長から渡された名刺を、僕は呆然《ぼうぜん》と受け取る。もちろん僕のことは知っているのだ。朽葉嶺家が使っている銀行だ。たとえ隣の市の支店だって――

「先ほど、朽葉嶺早苗《さなえ》様からご連絡がございまして……」

その後の言葉を、僕はほとんど聞いていなかった。口座が差し止められたのは、今さっき。それじゃあ、母様にはばれている。僕がしようとしていること。なんて馬鹿だったんだろう。

銀行を飛び出し、コンビニの地図で住所を確認してから、走った。YK不動産はすぐに見つかった。駅から五分ほどの、寂れた商店街の端にあるビルの一階。おかしい。不動産屋といえば普通、ガラス張りの正面入り口に賃貸《ちんたい》物件を書いた紙がびっしりと隙間なく張られているはずなのに、それがなくて、真っ暗な店内がはっきり見通せる。がらんとした細長い空間には、ロッカーと机だけが放置してあって、床にはいくつか紙くずやガムテープの切れ端が落ちていて、僕はぞっとする。

廃業している——んだろうか。いつ？　まさか。

ビルのすぐそばまで歩み寄った僕は、ガラス戸の手前にあるそれを見つけて、慄然《りつぜん》とする。コンクリートに、膝《ひざ》くらいの高さの杭が突き立っている。杭の上部には黒い布が粗雑に巻かれて、何本もの古釘が打ち込まれている。朽葉嶺の、忌中《きちゅう》を示すしるし。杭の天面には、朽葉嶺の家紋の焼き印が捺《お》され、僕は口もとを押さえて後ずさる。

おそらくコンクリートにドリルでわざわざ穴を穿《うが》ったのだろう、杭の根元には鼠色の削り屑が山になっていて、その禍々《まがまが》しいしるしがまだ新しいことを示していた。

母様が、すぐ後ろに立って笑っているような気がした。

なにをしたんだ。手を回して、店を潰したのか。いつ？　夏生の診療所を調べて、この不動産屋にたどり着いたのか。

どこまで行っても——母様の、手の中なのか。

だめだ。ここからは、逃げられない。僕はポケットの中で通帳を握り潰し、バス停へと駆け戻った。どうしよう。

「ひとまず、学校に戻ったらどうだい」

面白がるような口調で《　》が言う。

「どうして。もう遅刻だよ、今から行ったたってしょうがない」

「無断で休んで屋敷に連絡が行ったら、ますます君の母上に怪しまれるだろう」

もう無駄だろ、と思う。母様は僕が夏生《なつお》からなにか吹き込まれたことも、家から逃げ出そうとしていることも、みんな知っているにちがいない。でも《　》の言う通りかもしれない。今できることはなにもない。せめて、おとなしくしているそぶりを。


その日、学校が終わってから、朽葉嶺《くちばみね》の山に戻ると、直接狩井《かりい》の屋敷に行った。

「マヒル様においでいただくとは、珍しい」

僕の祖父をはじめ、老人たちや、もう続柄もよくわからない女たちが、馬鹿みたいに広い上がり框《かまち》に出てきて僕を迎える。これでも、僕の生まれた家なのだ。実の父母が仕事で不在であることがわずかな救いだった。

「あの、今日は」

客間に連れていこうとする手を振り払って言う。

「夏生の……部屋に用があって来たんです」

祖父は渋い顔をして首を傾げる。

「昔、借りていた本があって、それを返しに。ついでに、それの続きがあったら、借りたいなって思って」と僕は嘘をついた。

「それは夏生も喜ぶでしょう。しかし、だいぶ片付けてしまいましたからな」

祖父は白々しいことを言う。でも、僕の頼み通り夏生の部屋でひとりきりにしてくれたのはありがたかった。ただ、祖父の言う通り、夏生の部屋は診療所と同じようにあらかたものが運び出されてしまっていて、かつては医学書やなんかで埋まっていただろう本棚は空っぽで、机の引き出しにもなにも入っていなかった。

それでも、実際にここを出ていこうとした夏生なら、なにか役に立つ手がかりを残しているかもしれない。そう思い込んで、むなしい捜索をかなり長い間続けた後で、板張りの床にしゃがみ込む。

「情けないものだね。夏生頼みで、いなくなってしまうとなにもできないなんて」

「黙れよ。そんなの、自分でもわかってる」

言い返す声にも力が入らない。《　　》も、すぐにはなにも答えなかった。

「おまえが僕じゃない別の人格だってんなら、なにか逃げ出す方法を考えついてみろよ」

「お断りだよ」

今度はやけにはっきりと即答されたので、僕は戸惑いつつ訊ねる。

「どうして」

「私の目的にとっては、君が朽葉《くちば》嶺《みね》に囚われていた方が都合がいい」

こいつの目的。あのとき――イタカの目の前で、言っていた。僕と取って代わると。本気なのか。ほんとうに僕に取り憑いた化け物みたいなやつなのか。それが、どうして朽葉嶺にいた方が都合がいいんだ？

「だからね」

ほくそ笑むような《　　》の声。

「君が許嫁たちを守れない方が、都合がいいんだ」

すさまじい寒気が襲った。守れない方が――いい？　それは。亜希《あき》が殺されたのは、こいつにとって有利だったってことか？　なんだよそれ。どういうことなんだ。いや、それよりも、じゃあ、やっぱりこれからも。また、だれかが。

「だれだよ。おい。なにか知ってるなら喋《しゃべ》れよ！　なにが起きるんだよ！」

でも、それきり《　　》は沈黙する。

「母様なのか？　みんな母様がやったのか？　答えろよ！」

聞きたくないことはいくらでも垂れ流すくせに、僕が訊ねても、出てこない。歯噛みして、立ち上がる。

そのとき――

『お忘れなさい』

僕の耳に、母様の言葉がよみがえる。

『美登里《みどり》には、私から言っておきます』

それは、狩井《かりい》の神事《しんじ》が行われたあの深夜のこと。朽葉嶺の山を下りていく白装束の行列。

そうだ。美登里もあれを見た。見てしまった。

夏生《なつお》の部屋を飛び出した。廊下ですれちがった、叔母かだれかが悲鳴に近い驚きの声をあげるのにもかまわず、玄関を出て、山道を駆け上る。もうすっかり日が暮れていて、山の中腹にうずくまった朽葉嶺の屋敷は暗闇に沈んでいる。

勝手口から屋敷に駆け込む。厨房に明かりがついている。

「マヒル、もう、どうしたの。こんなに遅くなって。狩井の家に行ってたって、さっき電話あったけど」

黒いたすきで袖《そで》を絞って包丁を手にしていた奈緒《なお》が顔を上げ、厨房に走り込んできた僕の顔を見て驚いたように目を丸くして言った。コンロの前で鍋の味見をしていた千紗都《ちさと》も振り向く。二人とも、無事だ。でも、母様と美登里《みどり》は？

「母様は？」

「え、え？」奈緒《なお》は千紗都《ちさと》に目をやる。

「……お部屋で休んでると思うけど」と千紗都。

「美登里も、まだ寝てるの」

「う、うん」うなずく千紗都の顔におびえが浮かぶ。僕は厨房を飛び出した。廊下の角を曲がったとき、なにかが倒れる大きな音が続けざまに何度も響《ひび》いた。それからガラスが割れる甲高《かんだか》い音が僕の耳を掻《か》きむしる。僕はそのときほど朽葉嶺《くちばみね》の屋敷の広さを呪ったことはない。

美登里の部屋の襖《ふすま》は、外れて廊下側に倒れていた。

「美登里ッ！」

部屋に飛び込んだ僕の足はすくみ上がった。割れた鏡、真っ二つになった文机《ふづくえ》、暗がりの中に立つ紅色の人影がゆっくりと振り向く。

母様だ。

両眼には底知れぬ闇が溜まり、その右腕はたっぷりと赤黒いもので濡《ぬ》れ、指先からしずくがしたたっている。

畳の上の引きずったような血の痕。僕はそれをたどって、部屋の奥に目を向ける。

「……あ、ぁ」

喉《のど》から、かすれた吐息《といき》混じりの声が漏れた。

美登里の寝間《ねま》着《き》も、長い髪先も、白い肌も、どっぷりと赤の中に沈んでいる。

——美登里……そんな。

耳の中でごうごうと自分の血流の音が高く響き始める。母様がなにか言った。だれかを呼べと——警察か、救急車か、狩井《かりい》の者か——よく聞き取れない。足音が廊下を近づいてくる。耳元でだれか女の子の泣き叫ぶ声がする。なにもかも、分厚い透明な膜の向こうの出来事みたいに感じられる。

膝《ひざ》から力が抜け、廊下に崩れ落ちた、床板のしんとした冷たさが、意識を現実に引っぱり戻す。ようやく、自分の喉から、とぎれとぎれのうめき声が漏れているのに気づいた。

第六章　ひからびた血

狩井《かりい》の人たちが朽葉嶺《くちばみね》の屋敷にやってきたのは、それから二日後の昼過ぎだった。

僕が自分の寝室の隅で膝《ひざ》を抱えてじっとしていると、いきなり南側の戸が開き、白い作務衣《さむえ》に身を包んだ、見憶えのある顔が次々と入ってきた。胡乱な目を上げる。最初の二人は、あの巨大な金属の鼎《かなえ》を運んでいて、最後の一人は香炉《こうろ》や香木《こうぼく》を載せた盆を持っている。

「……父様？」

呆然《ぼうぜん》と、三人目の顔を見上げる。狩井俊郎《としろう》。僕の、実の父だった。狩井宗家の現当主。他の二人も、それぞれ狩井の支系の当主たちだ。なんで――こんなときに。

「マヒル様、早くお支度を」

父が、よそよそしい声で言った。生まれてすぐに養子に出されたので、親だという認識がほとんどない。僕にとっては、大勢いる狩井の男たちの一人に過ぎない。それでも、こうして面と向かうと、その顔に僕は自分の面影を見つけてしまい、気分が悪くなる。まだ四十歳のはずなのに、頬《ほお》はげっそりとこけ、ひび割れ、老けて見える。

「占事でございます。お方様からお聞きではないか」

僕の複雑な視線を払うように、父は顔をそむけて言った。あとの二人が鼎を部屋の真ん中に置く。

「占……事？　こんな、こんなときに？」

しゃがれた声は、僕の喉《のど》にこびりついた。

亜希《あき》も、夏生《なつお》も、美登里《みどり》も、殺されたのに。なに考えてるんだ。

凍った泥沼のようだった僕の頭に、少しずつ怒りが流れ込んでくる。ふざけるな。そんなにまじないが大切なのかよ。

僕が立ち上がってなにか言いかけたとき、三人の男が一斉に西の戸に向かって頭を下げた。振り向くと、いつの間にか開いた戸の外に、薄紫《うすむらさき》の衣。母様の顔色は青白いを通り越して骨と静脈の色がそのまま浮き出ているように見える。目は落ちくぼみ、小袖《こそで》からわずかにのぞく右手には包帯が巻きつけてある。

僕は言葉を呑《の》み込み、後ろの壁に背中をつけて、母様から目をそらした。

あの怪我は、美登里を殺した犯人の手によるものだと――そう証言したのは、もちろん、母様自身だ。犯人は母様と争いになり、腕に傷を負わせ、そして僕の足音を聞きつけて逃げたという。どこに？

それ以上の詳しいことは、僕は知らない。この二日間、ほとんどだれとも喋《しゃべ》らず、学校にも行かず、耳をふさいで閉じこもっていた。

もう、どうすればいいのか、なにを信じればいいのか、わからなくなっていた。

「マヒルさん」

弱々しい母様の声。

「未申にお座りなさい。香炉《こうろ》に火を」

僕は下唇をきつく噛《か》み、自分の裸足の爪先をしばらくじっと見つめてから、部屋の中央に集まった四人のところに行った。

「なんの……占事なんですか」

「狩井《かりい》の蛇頭潰しです」三人の中でもいちばん年嵩《としかさ》の男が答え、鼎《かなえ》の東側に正座する。

蛇頭潰し。なんだっけ——そうだ。宗主家の後継を選ぶ占いだ。

「どうして三人しか」

朽葉嶺《くちばみね》の占事は必ず四人の撰者と、母様と僕で行われるはずだった。父が、不気味にぎらついた目で答えた。

「……西家は出られない。夏生《なつお》君が、……いない、からな」

「そろそろうちに回ってきてもよさそうなもの」

「あ……」

西家は、夏生が死んでしまって、後継者がいない。そのかわりを決める、儀式なのか。

「マヒルさん、西方をふさぎます。盛り土に杭を」

母様に指示され、僕は鼎の西側の空席に大きな和紙を敷《し》いた。はじめてやる作法だった。紙の上に持った土に、小さな杭を立てる。杭の先には黒い布が巻かれ、古釘でとめてある。

これは、忌中《きちゅう》を表すあの杭か。僕はいっそうどす黒い気分になる。

香《こう》のにおいに顔を上げ、三人の男たちの顔を見回した僕は、吐き気をこらえるのに必死になった。みな期待に目を光らせ、鼎になみなみと満たされた水面を凝視《ぎょうし》している。

こいつらは、宗家になれるかどうかしか考えてないのか。

狩井の当主を出した支系は、そのまま伊々田《いいだ》市のすべての利権を手に入れられる。朽葉嶺で育った僕は実感がなかったけれど、同じ狩井家の中でも醜い権力争いがあるのだと夏生はいつだったか教えてくれた。今、それが痛いほどにわかる。

まだ夏生の葬式だってやっていないのに、こいつらは、夏生が死んだのを喜んでるんだ。

この家は狂っている。僕はそう思いながら、呪言を記した三枚の札が鼎の水にゆっくりと沈んでいく様を見つめていた。


「あまり気落ちしませんように」

占事の後、玄関まで三人を見送りに出た僕に、父が言った。あらゆる意味で空々しい言葉だった。あとの二人は肩を落として屋敷を早々に出ていく。珍しく、母様も一緒だ。これから狩井《かりい》の跡継ぎが決まったことを祝う祭事《さいじ》が始まるからだ。朽葉嶺《くちばみね》の当主が家を空ける、数少ない用事の一つ。

紅色の衣の背中が、門の向こうに消える。

「夏生《なつお》のお葬式も済んでいないのに。不謹慎だとは思わないんですか」

父が目をむいた。僕も、自分が口に出してしまったことに少し驚いていた。ここのところ、感情を抑えられなくなっている。

「……いや、しかし。蛇頭潰しを済ませなければ、喪主も決められませんから」

そう答える父は、へらへらと笑っているように見えた。これが、こんな男が、僕と血のつながった父親なんだ。でも、家族じゃない。

もう、僕の家族は二人しかいない。千紗都《ちさと》と奈緒《なお》。

母様は、家族だとは思えない。夏生の気持ちが、今の僕には少しだけわかる。僕をこの家に縛りつけているもの――でさえない。もっと得体《えたい》の知れない、なにか。

そんな人と、僕は十六年も一緒に暮らしてきたんだ。

「夏生君は残念なことでした。しかし、彼は狩井を束ねるには向いていなかったのかもしれませんな。考えすぎるところがあったし、ひとりで先走ったり溜め込んだりする――」

言葉の途中で父は、ぶるぶると震《ふる》える僕の握り拳に気づいたんだろう、あわてて会釈すると、靴をつっかけて玄関から出ていった。

夏生は、狩井の家を出ていけばよかったんだ。

東京の大学にでも行って、そのまま帰ってこなければよかったのに。

でも、逃げられなかった。

夏生を家につなぎとめてしまったのは、なんだったんだろう。

それはたぶん、僕があの、四人の女の名前が何代も連なった不気味な家系図を見たときに味わわされた、根源的な感情だ。恐怖。

でも、と僕は思う。

朽葉嶺は、なにか得体の知れない家系だった。それが、なんだ？　肝心なところで疑念は疑念のままわだかまっている。どうして、亜希《あき》は、夏生は、それから美登里《みどり》は、殺されなきゃいけなかったのか。それから、死体をいじくられて捨てられた、あの四人の女の子たちも。

母様が――殺した、のか？

僕はもうその想像を押し殺すことができなくなっていた。あの夜、美登里と一緒に見てしまった狩井の祭事。山を下っていく白い行列。翌朝、学校に棄《す》てられていた死体。結びつけたくはなかった。でも、母様があのときまとっていた血のにおいが、その二つをどうしても結びつけてしまう。

でも、美登里《みどり》は？　美登里も母様が殺したのか？　どうして。

わからなかった。自分の疑いがとんでもない勘違いで、今でも全然知らない殺人犯が、次の獲物を狙っているのかもしれない。

そうだ、亜希《あき》が殺されたとき、母様は美登里と一緒にいたって聞いた。それなら母様が殺したわけじゃない。

いや、でも、美登里のときは――

腕を血まみれにして、美登里の部屋にいた母様。犯人と争って腕に怪我をして、その犯人はどこかに消えた。顔は暗くてよくわからなかった。そんな話を信じろっていうのか。

「あ、マヒル」

声に振り向く。よほど僕は険しい顔をしていたのだろう、すぐ後ろに立っていた奈緒《なお》がびくっと肩を引きつらせる。

「どうしたの。……狩井《かりい》のおじさまたち、帰ったの？」

「あ、……うん。なんでもない」

僕は、淡い色の小袖《こそで》にたすきをかけて健康そうな両手をむき出しにした奈緒を見て訝《いぶか》しく思う。美登里が殺されたあの夜、半狂乱になって泣き叫んでいたのに。

なんだか、ひどく元気そうに見える。

「マヒル、約束だから毒味して」と、奈緒はぐいぐい僕の腕を引っぱる。

「ねえ、千紗都《ちさと》はどうしてるの」奈緒に引きずられて廊下を歩きながら僕は訊ねる。「そばを離れちゃだめだって、言ったじゃないか」

とたんに奈緒はしゅんとして立ち止まる。

「千紗都は部屋にこもっちゃった。たぶん、あたしじゃだめなの」

「え……」

「だからとにかく台所来て。ね？」


厨房の調理台には、小鉢や皿がいくつか並んでいた。ちょっと焦げ臭いにおいが漂《ただよ》ってい
て、流しには真っ黒になった鍋が突っ込んであったり、ゴミ箱に炭になった魚らしきものが棄《す》
てられていたりするのが見えた。

「こら、失敗作は見ちゃだめ」

奈緒は頬《ほお》をふくらませて、僕の手に箸《はし》を押しつける。

献立《こんだて》を見ただけで、僕は言葉を失った。奈緒に背中を叩かれて、のろのろと箸をつける。さ
よりの西京漬け。だし巻き卵。じゅんさいのすまし汁。

食べている途中で、胸が詰まって、呑《の》み込めなくなる。

「これ……美登里の、味だ」

「ほんと？」

奈緒《なお》が心底《しんそこ》嬉しそうに微笑む。

「よかった。がんばったでしょ？」

「……うん」

たしかに、美登里《みどり》の味だった。

いつも寝坊する僕を叱って、朝食を持ってきてくれた、美登里。

「ほら、あたしだって料理くらい……あ、あれ？」

奈緒の目から、涙がぼろりとこぼれた。

「あれ、お、おかしいな、勝手に」

手の甲で下まぶたをこすっても、一度堰《せき》を切ったものは止まらなかった。奈緒の声は嗚咽《おえつ》に飲み込まれた。泣き顔を見られたくないのか、僕の腕に顔を押しつけてくる。

服の袖《そで》に染み込んでくる涙の熱を感じながら、僕は奈緒の髪をなでてやった。どうしたって傷は消えない。いなくなった人も、戻ってはこない。たとえただの水だとしても、想いを押し流すくらいの役には立つ。

やがて、奈緒はぐいっと僕の胴体を手で押して、離れた。真っ赤に泣き腫《は》らした顔で無理矢理に照れ笑いを作る。

「ご、ごめん、マヒル」

僕は首を振った。

僕のかわりに、泣いてくれたみたいだ。そんなつまらないことを考える。

奈緒は目尻をぬぐいながら、調理台の上の料理を見渡した。

「これ、千紗都《ちさと》に持ってってくれないかな」

「え」

「あいつ昨日からなんにも食べてないし。なんだか、あたしの百倍くらい落ち込んでるから」

亜希《あき》が死んだ後は、まだ千紗都も気丈そうにしていたけれど。

「……千紗都ね。あの、……あのとき。マヒルが戻ってくるちょっと前まで、美登里の部屋にいたらしいの。お粥《かゆ》持ってったから」

僕が戻ってくる——つまり、美登里が殺される、少し前まで。

「それで、自分を責めてるみたい。ばかだよね、あいつ。千紗都のせいなんかじゃないのに」

僕はもううつむくしかない。僕だって同じことを考えていた。もう少し早く戻っていれば。診療所になんて行かなければ。

「マヒルが行ってあげて」

奈緒はそう言って膳《ぜん》を僕の腕に押しつけた。


千紗都《ちさと》の寝室の襖《ふすま》をノックしても、返事はなかった。寝てる、のかな。戻ろうかとも思ったけれど、食事を満載した膳《ぜん》を持ってきてしまったし、奈緒《なお》に「無理矢理にでも食べさせろ」と言いつけられていたので、僕は廊下に突っ立ってしばらく迷った後で、そうっと襖を引いた。

八畳間の真ん中に、布団が敷かれていた。うつぶせになった千紗都の小さな頭がのぞいている。やっぱり寝ていたのだ。足を忍ばせて僕は部屋に入った。

文机《ふづくえ》、鏡台、桐の箪笥——調度は美登里《みどり》の部屋のそれと変わらないのに、雰囲気はまったくちがっていた。壁際に並んだぬいぐるみや、文房具がぎっしり詰め込まれた金属缶や、未整理のまま積み上げられた雑誌のせいだろう。

どうしよう。冷めちゃうけど、置いとけば後で食べるかな。

漆塗りの文机の手前に膳を置いた僕は、ふとそれに気づく。机の隅には裁縫《さいほう》箱が置いてあった。いつか風呂場に千紗都が置き忘れていたものだ。それから、その蓋の上には奇妙なものが載っていた。

両手にすっぽり収まるくらいの大きさの、薄緑色の楕円体のものだった。

なにかの実だ。乾いて縮んでいるけど、へちまか、瓜《うり》か——

その実には縦に割れ目が走っており、奇妙なことに、その断裂は白い糸で縫《ぬ》い合わせてあった。なにかの儀式だろうか。朽葉《くちば》嶺《みね》の家には占いやまじないの類が数多く伝わっているから、その一つかもしれない。

「ん……」

後ろで、声がした。僕は手に持っていたそれをあわてて裁縫箱の上に戻すと、振り向いた。

千紗都が寝返りを打ち、うっすらとまぶたを開くところだった。

視線が合う。何度か、のろのろとした瞬《また》き。

「……兄様？」

がばっと布団を跳ね上げて、千紗都が起き上がった。寝間着《ねまき》は大きくはだけて、裸の胸がほとんど露出している。

「な、なんで？　ばか、出てって！　あ、ち、ちがうの、出てかなくていいから、ちょ、ちょっと待って、あ、あたし」

布団に潜り込み、うろたえる千紗都。やがて頭だけ出して、なにか言いたげに僕を見上げる。鼻頭と頬《ほお》が、かあっと赤く染まっている。

「ごめん、勝手に入って」

僕は文机から離れた。

「あの、ごはん持ってきた。少しは食べないと」

「食欲、ない」

「でも、身体に悪いよ」

「いい。あたしなんて、どう、どうなっても」

千紗都《ちさと》は布団に顔を押しつけた。髪が震《ふる》える。僕は、その頭のそばに腰を下ろした。

「奈緒《なお》も心配してたよ」

「……あたしが殺されればよかったの。かわりに」

僕は信じられない思いで、千紗都の耳の後ろ側を見つめた。

「あたしが死ねばよかった。なんで。なんで亜希《あき》ちゃんや、美登里《みどり》ちゃんが」

「……千紗都、なに言ってんだよ」

ばざっ、と再び布団が舞い上がる。千紗都は泣き腫《は》らした目で僕を見つめ、乱れた髪を震わせて言った。

「だって。あたしじゃだめだから。あたしは、どうせ選ばれないのに。どうして？ 亜希ちゃんも美登里ちゃんも、なんにも悪いことしてないのに。神様が、あたしの変な願い事だけ勝手に叶えたの？ こんなの、こんなのやだ。もうやだ。やめてよ。あたしがかわりに死ぬから、みんな戻してよ、あ、あたしが、あたしが……」

崩れ落ちそうになった千紗都の身体を、僕は受け止めた。僕にしがみつき、背中にきつく爪を立てて、千紗都は泣いた。僕はその、まるで嘔吐《おうと》のような泣き声を、呆然《ぼうぜん》と聞いていた。

千紗都。なに言ってるんだ？ なにが、千紗都を、こんなふうにした？ 千紗都だって、なにも悪くないはずなのに。

「きっとあたしのせい。あ、あたしが……っ」

「もうやめて、千紗都《ちさと》」

腕の中の小さな身体を、無意識のまま、強く抱き寄せた。胸に熱い湿り気が広がる。千紗都

は涙混じりになにかをつぶやき続けていた。それは言葉にはならなかったけれど、僕の心臓にちくちくと突き刺さった。

泣き疲れて再び眠ってしまった千紗都をそっと布団に戻すと、口の中のいやな味のする唾液を飲み込みながら、僕は部屋を出た。

魂まで一緒に吐き出してしまいそうなほどの、千紗都の叫び。でも、僕にはわからなかった。なにがあんなに千紗都を苦しめているのか。

「どう……だった？」

廊下の角から、奈緒《なお》がおそるおそる顔を出した。僕は一瞬だけ目を合わせた後、うつむいて首を振る。

「……なんか、かえって泣かせちゃったみたい。ごめん」

「マヒルは、悪くないよ」

奈緒は歩み寄ってきて言う。

「千紗都、なんかここんとこずっと鬱《うつ》っぽかったから。あのね、いつだったか、夏生《なつお》になにか言われたらしいの。それ、気にしてるみたい」

「夏生に……？　なにを」

「わかんない」

僕は壁に手をついて考え込む。

これは、なにかの鍵なのか。夏生が知っていて、自分がまだ見つけていないこと。千紗都から聞き出すのはまず無理だろう。これ以上、あんな状態の千紗都を刺激できない。なら、どうする。そもそも、ほんとうにこれは重要なことなのか。千紗都だけが気にしている、些細《ささい》な問題じゃないのか。

「いつ頃から？」

「ううん……」訊かれた奈緒は少し考え込んでから答える。「健康診断した後かな。それで、どっか悪いんじゃないかって心配したんだけど」

健康診断。そうだ。夏生は、わざわざ大学まで行って再検査をしていたのだ。

大学。夏生が私物化していた研究室。夏生が、殺された場所。

僕がじっと悩んでいるとき、不意に、言葉が口から滑り出た。

「奈緒。千紗都のそばにずっとついていてくれ」

「え？　う、うん」

口調のわずかな変化に勘づいたのか、奈緒《なお》は訝《いぶか》しげに小首を傾げながらもうなずいた。僕自身も、のけぞりそうなほどに驚いていた。それは《　　》の言葉だった。

「出かけてくる。すぐ戻る」

僕の口で、《　》が言う。僕は慄然《りつぜん》とする。

今まで、《　》が勝手に妹と喋《しゃべ》るなんてことがあったか？　イタカとは何度か自分から会話を交わした――けれどあれは、イタカが《　》の存在を知っていたからだ。

僕のふりをしてだれかと話すなんて真似は、今このときが始めてだった。

ここまで、僕は浸蝕されていたのか。

もやもやとまとわりつくわけのわからない感情を抑えるように、足早に玄関に向かった。

「待って、ちょっと待ってマヒル、どこに行くの？」

追いかけてくる奈緒を振り切るように屋敷を飛び出す。

「なんで、あんなことしたんだ」

耳を切り裂くような寒風の中、坂を走って下りながら、僕は訊ねた。思えば、僕の方からなにか質《ただ》すのもはじめてだった気がする。

「迷っていたようだったからね。あまり時間がないし、君がしたいと思っていることをかわりに言ってあげただけだよ。そうだろう？」

可笑《おか》しそうに《　》は答える。腹立たしいけれど、その通りだった。母様は今、狩井《かりい》の家に行っている。夜まで戻ってこないだろう。奈緒と千紗都《ちさと》を家に残して出かける機会は、今しかない。

つづら折りの山道をほとんど息も入れずに駆け下り、畑をいくつも横切り、ちょうどやってきたバスに飛び乗った。心臓ががんがんと痛んで、眼球がこぼれ落ちそうなほど激しく血が巡っているのがわかった。

＊

医学部の事務室にいたのは、あのときの若い女子事務員だった。一緒に研究室で夏生《なつお》の死体を目撃した、あの人だ。いやな記憶がよみがえったのか、女子事務員は僕の顔を見て一瞬、なにかものすごく苦いものを間違って口に入れてしまったときのような顔になる。でも、僕にとっては幸運だった。話が早い。

「あのう」

「は、はいっ？」

僕が朽葉《くちば》嶺《みね》の婿《むこ》だということも知っているはずで、事務員は緊張している様子だった。内心すまないと思いながらも、僕は嘘をつく。

「こないだ、その、あのとき……研究室に、忘れ物をしちゃったんです。それで探しに来たんですけど」

「え、あ、は、はい」

あのとき、という言葉で、女子事務員の顔はこわばった。

「でも、警察の方がいっぱい段ボール箱に詰めて持っていっちゃいましたよ」

「探すだけ探したいんです。なかったらあきらめます」

「ううん、いいのかな、部屋に入れても……」

迷ったあげく、鍵を貸してくれた。

「ほんとは、貸すのはいけないんですけど」と事務員は上目遣いで言う。あの部屋に行きたくないんだろうな。僕だって、あの血の海はまだ目に焼き付いている。でも今は好都合だった。

渡り廊下を通り、閑散《かんさん》とした大学の敷地を横切って、離れた場所に建っている医学部の別棟に入った。建物自体にまったく人気がない。一階の端にあるその部屋の戸のまわりには、まだ錆《さ》びた鉄のにおいが漂《ただよ》っているような気がした。

部屋の中にはうつろな寒さがたまっていた。暖房が入っていないのもあったけれど、外よりも肌寒い。ほんとうに夏生《なつお》が使っていた部屋なのかと、一歩外に出てドアの上のプレートを確認してしまった。棚にぎっしりと詰め込まれていた書類も、床に積み上げられていた医学書の山も、残らず消えていた。

ただ、夏生の座っていた場所の床に、大きく黒々とした染みが残っていた。血はしみ込んで、もう消えないのだろう。

僕は椅子に腰掛けて、机の引き出しを順番に開けてみた。どれも空っぽだった。

無駄足か。けっきょく、なにをしに来たんだろう。勢いで飛び出してきちゃったけど。奥の本棚に目をやる。そっちにはまだ蔵書が残っていた。でも、朽葉嶺《くちばみね》に持っていかなきゃいけない書類をそんなところに置くかな。

一応、探してみる。最上段の端から一冊ずつ引っぱり出して、本の後ろも確認して。埃がもうもうと舞い上がって、僕は咳き込んだ。だいぶ長い間動かしてもいないみたいだった。やっぱり、こんなところにあるはずがないか。

僕ひとりじゃ、なんにも見つけられない。

ふと手に取った本が、だいぶ古い薬効植物の図鑑だということに気づく。イタカが死体をスケッチしていた、あの植物。なんといったっけ。そう、印度蛇木《いんどじゃぼく》だ。

ラウオルフィア。苦労して、ばらばらになってしまいそうなページをめくり、その項目を見つける。キョウチクトウ科の常緑小低木。根にレセルピンとアジマリンが含まれる。

読んでもわからない。おい、白髪野郎、これがいったいなんなんだよ。おまえなら知ってるんだろ。僕は頭の中で呼びかけてみる。でも《　》は出てこない。必要のないときにはうるさいくらい出しゃばるくせに。

本を棚に戻して、力なく椅子に腰を下ろす。

急に寒さが増したような気がして、僕は椅子の上で膝《ひざ》を抱え、太ももに顔を押しつけた。なんにも見つからない。

どうして、夏生《なつお》は殺されなきゃいけなかったんだろう。僕が診療所で見つけたあれを、知ってしまったから？　その推測は、どこかおかしかった。だって、夏生は言っていた。僕は狩井《かりい》の家にいなかったから、知ることができなかった、と。つまり、狩井の人間はみんなあれを知っていたはずなのだ。

ぞっとする。真夜中の儀式。家ぐるみで、何百年も隠してきたもの。

この疑念は、ほんものなんだろうか。

ほんとうに母様は化け物で——

でも、殺す理由はなんだ？　なんで自分の娘を。夏生を。関係のない女の子たちまで。

僕はまだなにか、致命的な考え違いをしてるんじゃないだろうか。

そのとき、僕はもう一つの恐ろしい可能性に行き当たる。

耳によみがえるのは、千紗都《ちさと》の言葉。『亜希《あき》ちゃんも美登里《みどり》ちゃんも、なんにも悪いことしてないのに。神様が、あたしの変な願い事だけ勝手に叶えたの？』

千紗都なら。

なにを考えてるんだ、僕は。でも、その考えは止まらなかった。倒れている亜希を見つけたのは千紗都だった。美登里は母様と一緒にいて、厨房から出た後の千紗都がどこでどうしていたのかはだれも見ていない。

美登里が殺されたときも、そうだった。殺される直前まで、千紗都は美登里の部屋にいたのだと奈緒《なお》は言っていた。それなら。

母様が美登里を見つけたときの証言はなんだ？　千紗都をかばったのか。架空の犯人を仕立てあげて。

なんで千紗都が、亜希や美登里を殺さなきゃいけないんだ。馬鹿な考えはやめろ。そう考える自分がいる一方で、頭のどこか一部分が、グロテスクなくらい冷静に記憶を探る。

膝も腕も震《ふる》えていた。寒さのせいじゃなかった。十何年間も一緒に暮らしてきた妹を、僕は今、人殺しだと疑っている。証拠はなにもないのに。吐き気がしてきた。

どうすればいいんだろう。どうすれば――

「……マヒル、さんっ？」

背後で、か細い驚きの声がした。僕はびっくりして立ち上がろうとし、椅子の上だということを忘れて転げ落ちそうになる。

部屋の入り口に、細い人影があった。逆光の中で、長い黒髪が揺れる。

「……藤咲《ふじさき》？」

僕は唖然《あぜん》として、椅子から滑り落ちるのをこらえた間抜けなかっこうのまま、黒いコートの少女を見つめた。

藤咲《ふじさき》だ。イタカじゃない。

あの不吉な鴉《からす》は連れておらず、かわりに、その手に大きな花束が握られている。季節外れの、真っ白な百合。

なんで、花束？

「どう……して、こんなとこにいるんですか」

ほとんどうめきに近い声で藤咲が言う。それは僕の方が訊きたかった。

「とにかく、ご、ごめんなさい、お邪魔しましたっ」

「待って！」廊下に引っ込もうとした藤咲の手を、椅子から飛び降りた僕は、すんでのところでつかまえた。

「そっちこそ、なんでここにいるの」

藤咲が視線を落としたので、僕もつられて手元に目を向ける。

「あ、あの……亡くなった場所、ですから。花を」

「……夏生《なつお》に？」

力を失った僕の手の中から、藤咲の手首がするりと逃げる。

どうして、藤咲が夏生に花なんか。

「イタカが言ってたんです。もうすぐ、この事件は終わるから。その前に献花を、って」

「でも、どうして夏生に」

藤咲は上目遣いになる。

「こないだ、言いましたよね。もう逢《あ》わない方がいいって」

「なんだよ。話をそらすな」

「だ、だからっ」藤咲は声を荒らげた。「イタカが言ってたんです。狩井《かりい》夏生さんは、この事件でただひとり——死ななくてもいい人だったって」

死ななくても、いい？　なんだよそれ。どういうことだ。

それじゃ、まるで、亜希《あき》や美登里《みどり》は……

「あ、ほ、ほらマヒルさん怒ってる。ごめんなさい、わたしのこと、きらいになりましたよね。だ、だからっ、言いたく、なかったのに」

「落ち着けよ」

涙目でうろたえる藤咲に、僕は歩み寄ると、その手から花束をもぎ取った。

「……マヒルさん？」

「花、半分もらってもいい？」

藤咲は目を丸くして、それからぶんぶんと髪を振り乱してうなずいた。

僕は十数本の百合の花を抱えて部屋の中に戻ると、かつて夏生が使っていた机の上にばらまいた。血の痕に、痛々しいほど澄んだ白が映《は》える。

隣に、藤咲がやってくる。

なにかを数えるように、一本ずつ花を抜き出して、椅子の足下《あしもと》の床に並べていく。黒々と染みのついた場所を、白で埋め尽くすように。

花を供え終わった後、祈りの言葉もなく、二人はそこにじっと立っていた。

「……ありがとう」

僕はつぶやいた。

「え、えっ？」

「お葬式もしてなかったんだ。夏生《なつお》の家族は、だれも哀しんでなかった」

「わたしも、そんなんじゃないです。ただ」

僕は首を振って、藤咲《ふじさき》の言葉を遮《さえぎ》った。

「いいんだよ、そんなの。お葬式なんて、生きてる人間のためにやるんだ。きれいな花を並べて、ちょっとしんみりして、少し心が軽くなる。それだけでいいのに」

それだけでよかった。それだけで、よかったのに。

「……マヒルさん、怒って、ないんですか」

藤咲がすがるような目で僕の顔をのぞきこんでくる。

「怒ってないよ。藤咲には、いっぱい助けてもらった。あのときだって、今だって」

「でも、全部知ったら、きっとマヒルさんはわたしのことが――」

「教えてくれないんだろ」

藤咲はぐっと言葉を呑《の》み込み、それから小さくうなずいた。

「……お仕事の、ことですから」

藤咲は悪くない。悪いのは、なんにもできない僕だ。

　僕たちはそれ以上の言葉もなく、医学部別棟を後にした。建物の外に出ると、イタカは暗い曇り空を見上げて両手を頭の高さまで持ち上げてしばらく固まってしまう。

「なにしてんの」

「ビャッキー呼んでるんです」

鴉《からす》のことだっけ。傍《はた》から見ると、怪しい何者かと交信しちゃってる変な人にしか見えない。実際その通りか。

「もう、どこにいるのかな。寒くてどこかで凍えているのかも」

　そう言って眉を寄せる藤咲の息も白い。

「なんだか、雪降りそうですね。積もったらビャッキーがどこかで行き倒れててもすぐに見つかるかな」真っ黒だから、と藤咲は笑う。

「降らないよ」

　藤咲は首を傾げる。

「伊々田《いいだ》市には雪降らないんだ、なんでか。僕もテレビとかでしか見たことない」

　一度、なにもかも押し潰すくらい降り積もってしまえばいいのに。

「じゃあ雪が降ったらマヒルさんとかは『空からアイスクリームが！』って大喜びですね」

「んなわけあるか」

僕ににらまれて、藤咲《ふじさき》はくすっと笑う。そのとき、やかましい羽音が降りてきた。見上げた僕の視界を黒い影がざざあと横切り、藤咲の肩にとまる。僕は驚いて飛び退いてしまった。どうも、この鴉《からす》は苦手だ。いつもにらむし。

「ビャッキー。どこ行ってたの」

藤咲は肩の鴉と言葉を交わしている。人気がなくてよかった、と僕は思う。だれかに見られたら説明に困る。

藤咲は、なにも教えてくれない。それなら、もうここにも用はない。どうしよう。やっぱり家に戻ろうか。それともいっそ、警察の方に乗り込んでみようか。いつだったか事情聴取を受けたときの署長の態度からすると、話を聞いてくれるかもしれない。朽葉嶺《くちばみね》の婿《むこ》の名前で、どこまでわがままが通るのかはわからないけど。

そんなことを考えながら歩き出した僕の背に、藤咲の声がぶつけられる。

「マヒルさん、待ってください」

コートの裾《すそ》を鴉の羽根のようにばたつかせて、藤咲は駆け寄ってきた。

「あの、今ビャッキーから聞いたんですけど、蓮太郎《れんたろう》がこの大学に来てるんだそうです」

「……だれだっけ、それ」

聞き憶えのある名前だった。

「イタカの上司です。イタカがしばらく出てこられなくなっちゃったから、心配になって来ちゃったんだって。わたし、全然信用されてないですよね……」

そういえば。藤咲の方には戻りづらい、とイタカは言っていなかったか。

「イタカはどうしたの」

「あー。ええと」

藤咲は目をそらした。

「まだ、怪我が治ってなくて、痛むんです。だからイタカは引っ込んでて」

「怪我？　……あ、ああ、こないだの」

イタカは自分でペインティングナイフを二の腕に突き立てたのだ。正気の沙汰じゃなかった。あの傷はかなり深かったはず。

「ごめん。あのときは」

「あ、あれはっ、気にしないでください」藤咲は手をぶんぶん振る。

気にするな、だって？　なんで、そんなことが言えるんだ。気にしないわけないじゃないか。

こんな僕のために、藤咲は。

「これから蓮太郎《れんたろう》にお薬もらってきます。それで、マヒルさんも一緒に連れてきてくれないかって」

「え、ええ？　どうして」

「蓮太郎《れんたろう》が、話をしたいそうです」

イタカの、上司？　どんなやつなんだ。なんで僕に話が？

「蓮太郎なら」

藤咲《ふじさき》は少しだけ哀しそうな顔になって言った。

「マヒルさんが知りたいこと、教えてくれるかもしれません。教えていいことなのかどうか、わかってるのは蓮太郎だけだから」


大学図書館は、敷地のちょうど反対側にあった。コンクリートの巨大な立方体をくりぬいて造ったような無骨な建物。中に入ると、ソファと雑誌棚が置かれた入り口ロビーの壁にはやけにたくさんの張り紙が目立ち、利用にあたっての注意書きが並んでいる。どうやら学生証を読み取るらしいカードリーダーも入り口に設置されていたけれど、藤咲はかまわずに中に入って階段室に向かった。僕も見失わないようにと追いかける。人気がないのは幸いだった。藤咲は鴉《からす》を肩に乗せたままだったのだ。だれかとすれちがったら妙な目で見られていただろう。

三階まで上がると空気がひどく埃っぽく黴《かび》臭くなる。天井が低く、照明は古ぼけた白熱灯になり、昔の映画の中に迷い込んでしまったような気分になる。

どうやらそのフロアは、過去の新聞や雑誌を保管してある資料庫らしかった。年代順になった書架《しょか》にはどれも、日付のラベルが貼られたファイルがぎっしりと並んでいる。

その男は、薄暗い資料保管庫のいちばん奥、二つ並べられた長机の手前に立っていた。白衣が闇に映《は》えている。近寄る藤咲と僕の足音に気づいたのか、手にしていたファイルを机に置いて振り向いた。

細長いレンズの眼鏡をかけた青年だった。僕は一瞬だけ夏生《なつお》を思い出したけれど、それは白衣と長身のせいで、よく見てみるとその顔はずっと女性的で線が細かった。

僕はほとんど無意識に彼の名前を視《み》た。そして、立ちすくむ。

視えない。

そんなことははじめてだった。僕は思わず、傍《かたわ》らの藤咲に目をやる。大丈夫、こっちはちゃんと視える。僕のあの眼がどうにかなってしまったわけじゃない。

白衣の男に視線を戻す。この人だけだ。名前が、わからない。

青年は僕と目を合わせ、ふうわりと微笑む。

「来てくれたんですね。藤咲、お疲れ様でした」

「蓮太郎も、来るなら来るで連絡くれればよかったのに」と藤咲は少しむくれた。

「急な話だったんですよ。イタカがここまで手間取るなんて千代一《ちよいち》も思ってなかった」

青年は椅子をどけて歩み寄ってくる。

「はじめまして。蓮太郎といいます」

手が差し出され、僕はびくっとして後ずさりそうになってしまう。でも気を取り直して、僕はおずおずと握った。落ち着け。名前が視《み》えないくらいで。

「……朽葉嶺《くちばみね》、マヒルです」

「マヒル。いい字ですね」と蓮太郎《れんたろう》は手を離してから言った。

「……字？　ですか」

「そう。地平を離れて昇った太陽が、ちょうど南中した光景を字にしたものだ。お母様にそう教わったでしょう？」

僕は吐息《といき》を呑《の》み込む。どうして、そんなことを知っているのだろう。

僕の名前は漢字で書くと『旦』の下にさらに横線を一本加えたもので、朽葉嶺の造字だ。市役所にもこの字では登録されていないし、僕も普段から仮名で署名する。

朽葉嶺の人間しか知らないはずなのに。

「べつに、君のように視ただけで名前がわかるわけじゃありません」

蓮太郎のにこやかなその言葉で、僕の身体はさらにこわばる。

「私たちは、ずっと昔から――朽葉嶺の家を、監視していたんです」

監視。

「……化け物の家系だから、ですか」

生き埋めにされた罪人のうめきみたいな声で、僕は言った。

「その話は、後にしましょう。藤咲《ふじさき》」

「は、はいっ？」

「鎮痛剤が必要なんでしょう。司書室に流しがありますから、よく冷やして、それから血を抜いてきなさい」

「……やらないと、だめですか？」

藤咲は涙目になる。

「怪我をするのはイタカの未熟《みじゅく》さです。早く行きなさい」

藤咲の肩から、鴉《からす》がひょいと離れて書架《しょか》の一つに飛び移る。藤咲はしばらくうつむいてためらっていたが、やがて踵《きびす》を返して資料庫の入り口の方に走っていった。

「座ってください」

暗闇の中に藤咲の背中を見送っていた僕は、蓮太郎の声に振り向く。白衣の青年は机の反対側に回っている。机の上には、新聞の切り抜きを貼り付けたいくつものファイルが広げられていた。

「あなたは、何者なんですか」

立ったまま、僕は訊ねた。声の震《ふる》えを隠すのにひどく苦労した。

「朽葉嶺《くちばみね》を監視してたって言いましたよね。警察がそんなことをするんですか？　なんのために？　それとも、ほんとうに化け物の」

「いいから、お座りなさい」

優しい手つきでしかし有無を言わせず頭を押さえつけるような、そんな口調で蓮太郎《れんたろう》は言った。僕は口の中で言葉の続きを転がした後で、椅子を引いて腰を下ろした。

「我々は警察ではありません。殲滅機関《CODE:1011》——千代一《ちよいち》の命令で動く特務組織です」

「千代一って……なんですか、それ」

「千代田区一丁目一番地の略ですよ。ゆえに、1011のコードで呼ばれます」

東京都千代田区、一丁目一番地。

聞いたことがある。その住所は——この国の中央。

「……皇居？」

蓮太郎はそれには答えずに微笑み、言葉を続ける。

「この惑星にいったいどれだけのGOOs《グース》が降り立ち、根づき、生き延びているのか、我々自身にもわかりません。それでも、可能な限り見つけ出し、捕らえ、つなぎとめなくてはいけない。朽葉嶺は、知られている限り、最も長く地上で生き延びている個体です。ゆえに、我々でも手に負えなかった」

蓮太郎は腰を浮かせ、ファイルの一つを開いて僕の前に差し出した。

それは古びて変色した新聞の切り抜きだった。日付は——十九年前。

当時十七歳だった女子高生が殺害された事件だった。死体は損傷が激しかった、とある。死体の発見場所は、伊々田《いいだ》市下隠町近くの河川敷《かせんしき》。

この場所は――ついこの間、死体が発見された場所と、同じ？

そのすぐ下の切り抜きも、伊々田市で発生した同じような殺人事件だった。被害者は女子高生。僕が食い入るように記事を読んでいると、蓮太郎の手が次のファイルを突きつける。もうぼろぼろになった新聞が密閉型のクリアファイルに入っている。四十一年前。女子高生猟奇《りようき》殺人、と無神経な見出し。伊々田市。四人目。僕の目の前で、新聞のにじんだ文字がぐらぐらと揺れ始める。

「朽葉嶺は、これをずっと――繰り返してきたんです」

蓮太郎の声が降ってくる。最後に差し出されたのは、一枚の地図だった。地区名を見るだけで、それが伊々田市の全体図だとわかる。真新しいコピーだ。モノクロの紙面上に、赤いボールペンで四つの×印が書き込まれ、正確なダイヤ型に並んでいる。

「わかりますね？　つい先日も、十九年前も、四十一年前も、おそらくそのもっと前も。時が巡り来れば、この町では四人の女の子が殺され、あのおぞましい果実に模されて、所定の場所に棄《す》てられるのです」

僕は、その地図から目が離せない。地図の上に伸ばされた蓮太郎《れんたろう》の手には、鉛筆が握られていた。向かい合う二組の赤い×印の間に、二本の直線を渡す。伊々田《いいだ》市の地図の上に、正十字形が浮かび上がる。

その、交点は――朽葉嶺《くちばみね》の屋敷だ。僕の暮らしてきた、家。

僕は、自分の喉《のど》から漏れる奇妙な吐息《といき》を聞く。鼓動が、まるで喉のすぐ下で鳴っているみたいだ。

「……なんなんですか、これは。朽葉嶺が、なんだっていうんですか」

言葉を吐き出さなければ、口腔に溜まったどろりとした熱が破裂しそうだった。うすうすわかっていたことだ。でも、認めたくなかった。認めたくなかったのに。

「君は、自分がいったい何者なのか問われて答えられますか？」

冷ややかな蓮太郎の声に、僕はほとんど無意識に首を振る。地図を凝視《ぎょうし》したまま。

「そう。我々も答えられない。だから、わかりません。わかるのは、なにもしなければ、これからもずっと同じことが続いていくだろう、ということだけです」

僕はぱっと顔を上げた。すぐそこに、まるで凍死体みたいな蓮太郎の笑みがある。

「こんな、こんなのはどうだっていいんです。僕は化け物の家の生まれだった、だからなんだっていうんですか？　どうして亜希《あき》は、美登里《みどり》は、殺されなきゃいけなかったんです？　なんで夏生《なつお》まで。教えてください」

言葉を吐き出しきってしまった後も、僕はまるで洞穴を抜ける風のような荒い息をついていた。蓮太郎の顔から、笑みは消えていた。

「教えられません」

教えられない。知らない、ではなく、教えられない。

「どうして、ですか」

喉を通り抜ける自分の声すら、痛かった。

「教えたら、君は犯人をどうするつもりなんですか？」

どうする？

僕は、犯人を――亜希や、夏生や、美登里を殺したやつを、見つけたら。

無意識に、手のひらに爪が食い込むほどに拳を握りしめていた。

絶対に赦《ゆる》さない。

「僕は――」

喉がからからに渇いていた。声がうまく出ない。

「そう――だから」

蓮太郎は祈るときのように手のひらを合わせ、視線を落として、言葉を続ける。

「決めていない今の君には、まだ教えられません。条件があります」

条件？

「それが今日、君に来てもらった理由です」

「……なんですか」

「藤咲《ふじさき》と、仲良くしてやってください」

奇妙な間があった。僕は蓮太郎《れんたろう》の表情を探った。冗談を言っているようには見えないし、馬鹿にしているふうでもなかった。

「どういう——ことですか」

「そのままの意味です。あの子は——さびしい子だから」

さびしい子。

その言葉の意味は、僕にもなんとなく呑《の》み込めた。それでも。

「僕に、そうしなきゃいけない理由がありません」

自分の声が、ぞっとするくらい冷たい。

「だれと仲良くするかくらい、自分で決めます。あなたに指図される理由はないです」

「決めてないでしょう」

「え？」

「君は、だれと仲良くするかなんて、自分の意志で決めたことは一度だってないでしょう」

蓮太郎は低い声で言う。その言葉が、僕に突き刺さる。

「決めているのは、君の後ろにいるその白髪の男ではないのですか」

唐突《とうとつ》に、身体がかっと熱くなった。

苦しい。なんだろう。呼吸ができない。呼吸のしかたが思い出せない。

「ぼ——くは——」

脚が、太ももが、じくじくと痛む。なにかが突き刺さっている。見ると、自分の指だ。僕は信じられないくらいの力で、自分の両脚に爪を立てている。

「落ち着いて」

なにかが肩に触れている。そこだけ皮膚が剥《は》ぎ取られそうなくらい冷たい。

これは——蓮太郎の手だ。

「落ち着いて。ゆっくり息を吐いて。そう。吸って」

蓮太郎のもう一方の手が、僕のあごをつかむ。僕は酸素を求めてあえぎ、腕を引きつらせ、目をむいて、意識の切れっ端にしがみつき、ゆっくり、ゆっくりと、甲高《かんだか》い弦楽器みたいな自分の呼吸音を数え——

「——蓮太郎っ」

後ろで藤咲の悲痛な声が響《ひび》いた。僕は振り向くこともできなかった。

「またそうやって、人の弱いところをほじくり返して、わたし蓮太郎のそういうところ大っきらいですっ」

蓮太郎《れんたろう》の手の、冷たい感触が離れていった。机の上に突っ伏しそうになる僕の視界の端を、長い黒髪がよぎる。

「マヒルさん、だ、大丈夫ですか？」

背中に置かれた、温かい手。

「私は藤咲《ふじさき》のそういう、不必要に優しいところは大好きですよ」

「ばかにするのはやめてください」

「血抜きは終わったんですか」

「お、終わりました！　早く薬作ってください」

「調合してきます。待っていなさい」ひどく可笑《おか》しそうな蓮太郎の声は、足音とともに、遠ざかっていく。

僕の背中をさすりながら、藤咲がか細い声で言う。

「やっぱり、連れてこない方が、よかった、ですね……」

「そんなことない」

涎《よだれ》で汚れた唇の端を手の甲でぬぐいながら、僕は答えた。

「僕がどうしようもないってことが——わかっただけ、いい」

「蓮太郎の言うことを真に受けちゃだめです。あの人は、一見なにか意味のありそうなこと言ってますけど、相手の心の穴に手を突っ込んでるだけですから」

ああそうか、と僕は吐き気を抑えながら思う。あの男。物言いも目つきも腹立たしいのに、なぜかその言葉をはねのけられないのは、《　　》に似ているんだ。

こっちをみんな見透かしているところも。

「マヒル、さん？　あ、あんまり、そうやって考え込むのだめです」

「うるさいよ。そんなのわかってる。藤咲に言われなくても」

「わかってないです、そうやってその白髪の人のことばっかり考えてたら」

「おまえが言うな！」

　僕は椅子を蹴倒して立ち上がり、藤咲の両腕をきつくつかんで叫んだ。

「藤咲になにがわかるんだ。けっきょく、投げ出したんだろ。イタカに身体半分差し出して、もう半分に逃げ込んだんじゃないか、僕は、僕は今――」

「マヒルさん、痛い、痛いです、離して」

　藤咲の悲痛な声に、僕は我に返る。

　僕は――僕は、なにをしてるんだ？

　手を離すと、ぐったりと脱力した藤咲は倒れそうになり、後ろの書架《しょか》に背中をぶつける。顔をしかめて痛みに耐えているのがわかる。コートの袖《そで》から見える右手を、血が一筋伝い落ちた。僕は口もとを押さえて息を呑《の》んだ。

「ご……めん、僕、そんな」

　うずくまる藤咲《ふじさき》に、僕はおそるおそる近づく。

「あ、あのときの傷？　ご、ごめん、僕、ほんと、どうかしてて」

「平気です。ちょっと、傷口が開いちゃった、だけです」

　藤咲は顔を上げて無理に笑う。その痛みが、僕の頭にも直接ねじ込まれたように感じた。ぞわぞわと自己嫌悪がわき上がってくる。

「そ、そう……そう、ですよね。わたしに、なにか言う資格なんてない」

僕は首を振る。

藤咲に八つ当たりして、なんになるんだ。僕が、自分でどうにかするしかないのに。

僕は冷たい床に膝《ひざ》をついてうなだれ、唇を噛《か》みしめた。

額に、なにかが触れた。

すぐそこに、目を閉じた藤咲の顔。

触れ合う額から、肌の冷たさがしみ込んでくる。

どれくらいそうしていたのか、わからない。遠くで電話のベルを聞いたような気もする。やがてどちらからともなく、顔を離した。目をほんの少しの間だけ合わせ、足下《あしもと》に落とし、それから立ち上がる。

かん、かん、と足音が近づいてきた。書架《しょか》の間の狭い廊下をこちらへ戻ってくる、背の高い白衣姿のシルエット。藤咲は振り向いてそれをみとめ、僕からすっと離れた。

「藤咲。鎮痛剤です。継続して使うように」

白熱灯の光の中に入ってきた蓮太郎《れんたろう》は、手にした白い小さな紙袋を藤咲の手に押しつけた。

そのとき藤咲が見せた、沈んだ表情。僕の胸のどこか奥の方が、ぎりっと痛んだ。

「それと、掃除屋《ニャル》さんから電話がありました。もうこちらに向かっているそうです」

「え、も、もうですか。どうしよう。まだ全然済んでないのに」

「東京に頼んでください。しかたがない」

蓮太郎の言葉に、藤咲の表情が曇る。

「いいんですか？　あんまり、借りは作りたくないってイタカがいつも言ってます」

「ここまで遅れたのは我々の落ち度です。手段は選んでいられない。今このときを逃すわけにもいかない。さらに上からの権力なら、この町の警察だって動くでしょう」

警察？

この人は、いったいなにをする気なんだ。

「無用な血も流してしまった。もう、終わりにしましょう」

蓮太郎は目を伏せてそう言うと、携帯電話を藤咲に手渡した。

「ここの資料は、私が処分しておき――」

そう言いながら、蓮太郎が机に向かったときだった。突然、すさまじい異臭が湧き上がった。机のあたりからだ。広げられていた新聞の切り抜きやファイルが、まるで朽ちた木の皮のように皺だらけになり、黒ずみ、ひび割れ、急速に風化していく。なんだ――これ？

「朽葉嶺《くちばみね》に嗅ぎつけられましたね。まだ嗅覚《きゆうかく》も完全に壊れたというわけではないか」

灰だらけになった机を見下ろしながら、蓮太郎《れんたろう》が可笑《おか》しげにつぶやく。

嗅ぎつけた？　母様が？　だからって――今のはなんだ。なんで、あんなことが起きる？

戦慄する僕の裏側で、もう一人の僕が——あるいは《僕》が、あざ笑う。今さらなにをおまえは驚いているんだ。あの女は、化け物なんだ。この町のあちこちに根を張っている。

「おそらく、マヒル君がここに来たからでしょう。我々もじっとしていられない。君は早く帰った方がいい。事件は機関がなんとかします」

「事件をなんとかできるんならっ」

僕は、思わず蓮太郎《れんたろう》に噛《か》みついていた。

「お願いします。千紗都《ちさと》と奈緒《なお》を、どこかに逃がしてください。できるんでしょう。母様の手の届かないところへ。事件が終わるまでかくまってください。僕は、もう、もう——」

「できません」

分厚い刃のような、蓮太郎の声。

「どうしてっ」

僕の胸に突きつけられた蓮太郎の指が、まるで心臓まで食い込んだかのように、僕の言葉を呼吸ごとちぎり取った。

「我々は、殲滅機関《せんめつきかん》です。護《まも》るのも、救うのも、我々の仕事ではない。それは——」

やがて蓮太郎は、ゆっくりと手を引き、僕から離れた。膝《ひざ》から床に崩れ落ちそうになる僕の頭の上に、降ってくる言葉。

「——君の仕事でしょう」

僕と藤咲《ふじさき》は、そろって大学図書館を出た。空は、来たときよりもいっそう暗く曇っていて、陽がどのあたりにあるのかもわからない。もうそろそろ夕刻だろうか。

「マヒルさんは、お家に戻るんですか」

図書館前の長い階段を下りながら、藤咲がぽつりと訊いてきた。僕はその二メートルくらい後を歩きながら、答える。

「……うん。奈緒と千紗都が心配だし」

それなら、どうして無駄足だとわかっていながらこんなところまで来たんだろう、と僕は自問する。ずっと二人のそばについていればよかったんじゃないのか。

母様が屋敷に戻る前に、帰らないと。

「家族がいるって、いいですね。わたしは、帰る場所もないし、ずっとひとりだから」

「そうでもないよ。最初から一人もいなければ、失くして哀しんだりしなくて済むし」

「どうしてそういうこと言うんですかっ」

藤咲《ふじさき》はいきなり立ち止まって振り返り、噛《か》みついてきそうな口調で言う。

「マヒルさんがそんなこと言ったら、わ、きゃ」

一段踏み外し、藤咲の身体がぐらりと傾いだ。

「──わああああっ」

僕はあわててその腕をつかんで引っぱり戻した。すぐそばの手すりがなければ、二人まとめてバランスを崩して転げ落ちていたかもしれない。

「ちゃんと前見て歩け！」

「ご、めん、なさ……っつう」

藤咲は右腕を押さえて顔を歪め、手すりに寄りかかった。

「大丈夫？　傷にさわった？」

「だい……じょぶ、です」

そんなにひどい怪我なのだろうか、と僕は思う。ペインティングナイフは刃が鈍いから傷口もひどいことになっているのかも。

そのとき、なにかの違和感が僕をとらえた。

なんだろう。なにかがおかしい。引っかかっている。

でも、その違和感はすぐにまぎれてしまった。藤咲が手すりを握りしめて立ち上がろうとして、また痛みに顔をしかめて身を二つ折りにしたからだ。

「さっき薬もらったんだろ。使えばいいのに」

藤咲はぶんぶん首を振った。

「まだ、使いたくないです」

「どうして」

「鎮痛剤を打ったら、イタカに戻っちゃいます」

藤咲は自分の胸を抱きしめるようにして、はかなげな笑顔をつくる。

「最後だから。藤咲でいたいです」

その笑みを、僕は受け止められなかった。目をそむけ、ちりちりと胸の中を掻《か》くかすかな痛みをこらえる。

どうしてだろう。どうしてこいつは、こんなことを笑って言えるんだろう。


大学の正門前の駐車場に、見憶えのある銀色の車が駐めてあった。

運転席に乗り込もうとする藤咲を、少し離れた場所から僕はじっと見ていた。なにか言っておかなければいけないことがあるような気がして、立ち去れなかった。

藤咲《ふじさき》も、ドアを開いたところで、ルーフに手を置いて固まってしまう。手探りするように僕と目を合わせると、ほとんど聞こえないくらいの小さな声で言った。

「普通に逢《あ》えたら、よかったですね」

藤咲の枯れきった視線を僕は受け止める。

「普通の学校で、同じクラスとかで。放課後は授業さぼってずっと絵描いて……」

「うん」

そのときの僕らは、きっと同じことを考えていたのだと思う。あの、体育倉庫の裏の、陰になった草地で過ごした、けだるい午後。もう、戻ってこない時間。

ずっと、あれが続いていればよかったのに。

「機関のお仕事なんてなくて、イタカはわたしの妹とかで。マヒルさんも普通の家の人で」

でも、それは夜明けの夢みたいなものだ。だから僕は目をそらして口を挟む。

「僕が普通の家の生まれだったら、猫と鴉《からす》しかいない動物園作れないよ」

冗談めかして、でも残酷に、藤咲の夢を断ち切る。

藤咲は目を丸くして、それから目を伏せた。もう一度僕の顔を見たとき、彼女は淡く微笑んでいた。僕はそのときの藤咲よりもさみしそうな笑顔を見たことがない。

「……そう、ですね。約束ですよ？　ちゃんと遊園地付きのを作ってください」

僕がぼんやりとうなずいたとき、不吉な羽音が舞い降りてきて、黒い影が藤咲のコートの肩にとまる。

「わたしはこのお仕事が終わったら、もうこの町には来ないけど。ビャッキーはたまにその動物園に遊びに行くかもしれません」

ガァ、と鴉は小さく啼《な》いて、僕を斜めににらんだ。かわりに藤咲は、暗くなっていく冬空を見上げる。雪の予感を探すみたいにして。

「言いましたよね。みんな終わったら、きっとマヒルさんは、わたしのことが大きらいになります。だから」

さよならです。

藤咲はそうつぶやいて、運転席に滑り込んだ。低い駆動音が立ち上がる。僕の身体は勝手に動いた。駐車スペースから滑り出た車の前に飛び出す。藤咲が真っ青になってブレーキを踏み込む。僕はボンネットに手をついて後ろに突き飛ばされながらも、倒れそうになるのをこらえて、運転席の側に回り込んだ。

「なに考えてるんですか、轢《ひ》き殺されたいんですか！」

運転席の窓を開けて、藤咲が真っ赤な顔で叫んだ。僕は窓枠をつかんで、暴れ出しそうな感情をなだめるようにことさら低い声で言った。

「僕の気持ちを、勝手に決めるな」

「……え？」

藤咲《ふじさき》は紅潮《こうちょう》した目尻に、涙さえ浮かべている。

「僕がだれをいつきらいになるか、僕が決めるんだ。なにがあったって藤咲をきらいになったりしない。憶えとけ」

その言葉を呑《の》み込む間に、藤咲の顔はさらに熱に染まった。

「マヒルさんのばか！」

突き飛ばされる。よろけた僕の視界を、銀色がものすごい勢いでよぎった。排気音を残して、藤咲の車はあっという間に正門から飛び出し、左折して見えなくなってしまう。

車の音が聞こえなくなってしまうまで、僕はそこにじっと立って耳を澄ませていた。それから手の砂埃を払い落とし、門の外に向かって歩き出す。

みんな終わったら。藤咲はそう言った。終わるって、どういうことだろう。

浮かんでくるのは、不吉な予感ばかりだった。

もう、これで藤咲には逢《あ》えないんだろうか。

どうして僕らは普通に出逢えなかったんだろう。そうしたら——

＊

バスを降りたときから、その光ははっきり見えていた。黒々とした朽葉《くちば》嶺《みね》の山。その麓《ふもと》に固まってちらついている赤い光の群れ。

僕は走り出した。水を抜かれた田圃《たんぼ》の真ん中を突っ切り、ときおり泥に足を取られたり畦《あぜ》につまづいたりしながら、夕闇の中を走った。自分の心臓の音が耳の内側をがんがん叩く。

パトカーだ。蝋燭《ろうそく》に群れる蛾のように、山道の前にパトカーが集まっている。近づいていくにつれ、大勢の人影も見えてくる。

なにがあった？　だれが――

車道の脇は人垣がびっしりとふさいでいた。

「……殿様ん家が、ねえ……」

「御家老もかい……」

「……やっぱり裏で色々やってたんかねえ……」

野次馬の会話の端々が聞こえる。

「なにがっ、あったんですかっ？　また、だれか、こ、」

野次馬の一人――割烹着《かっぽうぎ》を着た中年女性――が僕をちらと見て言った。

「人死にじゃなさそうだよ。なんでも狩井《かりい》の家に、あの、なんてったっけか、捜査レイジョウ？が、出たらしくてねえ」

狩井の家に？

「あ、あれ？　……あんた、朽葉嶺《くちばみね》の……」

野次馬の何人かが気づいた。僕は人垣を押しのけ、パトカーの間をすり抜けて山道の入り口へと走った。

「あっ、おい！」

制服警察官に気づかれた。かまわず坂道を駆け上がる。

狩井の屋敷へと至る枝道を、何台もの白い車体がふさいでいた。赤色灯が山の静謐《せいひつ》な闇をかき乱している。車両進入禁止なのに。

朽葉嶺の結界が破れている。

僕は狩井の屋敷の門をくぐった。紺色の制服が屋敷の玄関口に群がっている。

「――貴様ら、こんな真似をしてただで済むと思っているのかッ！　私は県警の本部長とも昵《じっ》懇《こん》だッ、検察にも発言力があるッ」

白い顎髭《あごひげ》を振り乱し、警官の群の真ん中でわめいている男がいる。狩井の先代当主、北家の長老だ。でも、だれも意に介さない。制服警官たちは、ぞくぞくと屋敷に流れ込んでいく。

「マヒル様！」

小声で呼ぶ声がした。東の対屋の垣根から、男の顔がのぞいている。父、狩井俊郎《としろう》だ。その顔は夕闇の中でもはっきりわかるほど青ざめている。その後ろにも幾人かの影が見えた。

僕が駆け寄ると、父はつっかえつっかえ言う。

「なにがなにやら、わかりません。突然、捜査令状が。こんなはずではないのに。伊々田《いいだ》署にも電話がつながらない」

「なぜ今さら。両家に逆らってどうなるか知らんわけでもないだろうに」

別のだれかが、怒気混じりに吐き捨てる。

「もっと上からの命令があったんじゃないか」

「上からだと。なぜ今になって」ヒステリックに言い合う狩井《かりい》の男たち。

「ともかく、マヒル様、今は、今は」父が僕の肩をがくがくと揺さぶった。

もっと上からの——命令？

唐突《とうとつ》に、蓮太郎《れんたろう》の顔が頭に浮かんだ。

あのとき。藤咲《ふじさき》に電話を渡す前——なにか言っていなかったか？

『東京に頼んでください』。

そういう、ことなのか。

「母様は。母様はどうしたんですか」僕は、噛《か》みつくように父に訊ねる。

「お、……お方様は、お屋敷へ戻られました」

母様はもう戻ったのか。千紗都《ちさと》と、奈緒《なお》だけがいる家に。まずい。僕も——

「うわああっ」

敷地の右手奥の方がどよめいた。「……鑑識を呼べ！」と、だれかが叫ぶ。

制服警官が何人か駆け戻ってくる。僕は父の手を振り払って、そちらへ走った。

蔵の入り口にびっしりと警察の人間がたかっている。開け放たれた扉の中に、懐中電灯の光が何本も差し込まれている。

僕は身を低くして人の壁に突っ込んだ。

「いてッ」

「おいッだれだッ勝手に入るなッ」

頭を制服の間にねじ込んで、強引に突破した。蔵の入り口から一歩踏み込んだところに僕は膝《ひざ》をつく。皮膚を掻《か》きむしられるような刺激臭が襲ってきた。腐った空気で目が痛くなる。

土蔵の中はがらんどうだった。

いや、奥の壁に、なにか丈の長いものがいくつも立てかけてある。懐中電灯の光がそれにぶつかって、金属質の反射光を返す。あれは——

のこぎり？

巨大なだんびら。

人間の身長ほどもある鉈《なた》。

「おい、おまえ！」

だれかに襟首《えりくび》をつかまれ、引っ張り起こされた。そのとき僕はそれに気づいた。

蔵の床板が黒いあばたになっている。大きな染みがあちこちに広がっている。

においの正体を思い出す——血のにおいだ。

「立入禁止だ出ろッ」

蔵の外に引っぱり出された。制服警官やコート姿の刑事に取り囲まれる。

「おまえなんのつもりだッ？　捜査中だよ見りゃわかるだろうが！　名前は？」

僕は刑事の一人に襟首《えりくび》を締め上げられ、頭をがくがくと揺さぶられた。なにも答えられない。血のにおいが離れない。

「おい、マヒル様から手を離せ、嶺様《みねさま》の婿《むこ》だ見てわからないのか？」

父の怒声。駆け寄ってくるいくつもの足音。サイレンの音。

わかってた、こうなることは、わかってた。それでも。こんなものは、見たくなかった。

父と若い警官がほとんどつかみ合いのようにしてわめき合っている。僕は解放され、刈り込まれた庭の芝の上にへたり込む。強烈なライトと、蔵からあふれ出た腐った血のにおいとが、僕の頬《ほお》をなぶった。

とにかく、家に戻らなきゃ。

僕は芝の上を這《は》って後ずさり、震《ふる》える膝《ひざ》を握りしめて立ち上がり、駆けだした。


朽葉嶺《くちばみね》の屋敷の構えは、闇にとっぷりと沈み、すぐ眼下の喧噪《けんそう》がまるで下界の些事《さじ》とでもいうように、超然としていた。

屋敷の結界までは、破れていないのか。朽葉嶺の方には、まだ令状が出ていない？

荒い息をつきながら正門を押し開いてくぐったとき、僕は不意に、その想念に捕らわれた。

こうして、また続いていくんじゃないだろうか。

狩井《かりい》を切り捨てて、別のだれかを見つけて、また、何百年も……

「マヒル！」

玄関を開けるなり、待ちかまえていた奈緒《なお》に引っぱり込まれた。がちゃん、と奈緒が鍵をかける。その日の着物は夜明けの月のように青ざめた白だった。

「マヒル、なにがあったの？　警察来てるし、母様は家中の鍵閉めろっていうし」

「わからない。わからないよ……」

僕は式台に腰を下ろすと、靴を脱いで床に投げつけた。

「今、一緒にだれか入ってこなかった？」

奈緒が震える声で言うので、僕はぴったりと閉じた玄関を見やる。

「僕ひとりだよ。どうして」

「気のせいかな。怖い」

奈緒が僕の腕を取る。震えが伝わってくる。

「雨戸も全部閉めろって母様が言ってたの。マヒル、手伝って」

雨戸を閉めたことなんて、一度もなかったのに、と思う。

広大な朽葉《くちば》嶺《みね》の屋敷の、すべての部屋と渡り廊下の雨戸を閉める。とてつもなく時間のかかる作業だった。

「手分けして――」

「や、やだ。怖い。マヒル、ついてて」

奈緒《なお》は僕の腕にしがみついて離れない。あの気丈な奈緒まで。

薄暗い廊下を屋敷の外縁部づたいに歩きながら、手当たり次第に戸袋から雨戸を引っぱり出してぴったりと閉じ、錠を下ろす。僕と奈緒が歩いてきた廊下や部屋は、ずぶずぶと暗闇に沈んでいく。まるで、なにかに追い詰められているみたいだ、と僕は思う。

「ねえ、狩井《かりい》の人たち、なにをしたの？　どうして警察が。な、なにか、あのことと関係あるの？　マヒル、ずっとなにか調べてたみたいだし」

僕のそばにぴったりとついて歩きながら、奈緒がうわごとのように言う。

「わかんない。わかんないよ……」

僕もまた病人のような弱々しい声で答えた。

ほんとうはわかっている。狩井の連中は、あの蔵で死体を切り刻んでいたのだ。あの反吐《へど》が出るような血のにおいは、長い歳月をかけて塗り重ねられた古い血が、ごく最近に流された新しい血に励起されたものだ。

ずっと昔から。同じことを、繰り返してきたのだ。

なんのために？　朽葉嶺のために？

それじゃあ、どうして朽葉嶺は、若い女を——

僕はそこで足を止める。奈緒が僕を見上げてくる。

「ねえ、千紗都《ちさと》は？」

「祈祷所。母様も」

千紗都と、母様が二人きり。

なにをしているんだ、僕は。どうして出かけたりしたんだ、屋敷に千紗都と奈緒を残して。

僕は奈緒の腕を振り払って廊下を走りだした。

「ま、待って、マヒル！」

奈緒の引きつった声が、あっという間に遠ざかる。

祈祷所――僕の寝室の戸を開けた瞬間、においの濃い空気が廊下に漏れ出てきて、僕は思わずのけぞった。母様と千紗都が同時に顔を上げる。二人とも真っ白な死装束めいた衣をまとっている。

祈祷所の床には無数の小さな袋や木箱、鉢などが広げられていた。千紗都は乳鉢《にゅうばち》を床に置いて、立ち上がり駆け寄ってくる。

「兄様、どこへ、どこへ行ってたの！　ばか、急にいなくなって」

「千紗都、なにをしているのです。次は麝香《じゃこう》と沈香《じんこう》を」

母様が冷たい声で言った。千紗都《ちさと》はびくっとしてうなずいて、僕から離れて座り直し、袋から取り出した香《こう》の材料を天秤の皿に載せる。

「母様ッ」

僕は母様の正面に乱暴に膝《ひざ》をついた。

「狩井《かりい》の家に警察が来てます。俊郎《としろう》さんが――」

「知っています。落ち着きなさい」

「なんで……母様は、そんなに、落ち着いてるんですか」

「狩井の家は狩井の家。後ろ暗いところがあったとしても、朽葉嶺《くちばみね》のあずかり知らぬところです。取り乱さぬよう」

「じゃあ、この馬鹿みたいな戸締まりはなんですか」

「今日、継嗣会《ひさねえ》に入ります。だから香の準備を済ませなくてはいけないのです」

「継嗣会なんて、どうだっていいじゃないですかッ」


「――朽葉嶺はそのためにあるのです」


僕は言葉を失う。

「だれにも邪魔はさせません。千紗都、炭を混ぜなさい」

千紗都はなにか言いたげな視線をちらちらと僕に投げながらも、炉の中から炭を取り出す。

茴香《ういきょう》をすり潰す、かり、かり、かりという音。

「か、あ、さま」

これは、だれだ？

僕ははじめてその疑問を抱いた。千紗都と同じ顔をした、呪わしい千年の繰り返しの果てに立ち、また次の繰り返しを編もうとしている、不気味な女を目の前にして、僕ははじめてそう思った。どうして、これまで視《み》ようとしなかったんだろう。

その女の、顔を凝視《ぎょうし》する。その名前が、視え——

「兄様、奈緒《なお》ちゃんはどうしたの」

千紗都のおずおずとした声に、僕ははっとして母様から目をそらした。

奈緒。奈緒を、ひとりで置いてきてしまった。

なにをやっている？　僕は、なにをやっている。

僕は立ち上がった。自分が今さっき入ってきた祈祷所の東の戸を開き、大声で呼ぶ。

「奈緒！」

しんとした廊下に、白々しく僕の声が反響する。返事はない。

「奈緒ちゃんと一緒じゃなかったの」

すぐそばまでやってきた千紗都が訊ねた。僕は千紗都の手を引いて廊下を走り出した。背後から「待ちなさい、二人とも！」という母様の声が響《ひび》いた。

奈緒《なお》はそのとき、まだ生きていた。

廊下の角の壁にもたれ、口からごぼごぼと吐血《とけつ》しながら、それでも僕たちのことをみとめた。震《ふる》えながら差し伸べてきた手を握ると、握り返してきた。

「──奈緒」

名前を呼ぶと、奈緒の唇から言葉のかわりに赤黒い血があふれる。

「──奈緒。な、お」

僕の足先に、ぬるりとした湿り気が忍び寄ってきた。

奈緒の身体の下で、血だまりがじりじりと広がりつつある。

奈緒の腹部は、三重の生地がはじけ、肉がめくれあがっていた。真っ白な着物はすでに半ばまで赤黒く染まっている。僕は奈緒の身体を掻《か》き抱くと、泉のように血を噴き出し続ける傷口を手でふさいだ。

貫通している。

奈緒の背中もすでに血みどろになっている。僕の指の間から血が止めどなくあふれる。熱い。血と一緒に、奈緒の身体から熱が失われていくのが僕にもわかった。

「……や、やあああああああああああああ」

背後で引きつった千紗都《ちさと》の声、そして床に膝《ひざ》をつく音が聞こえた。声は細くしぼんで、やがてガラスを引っ掻《か》くような呼気《こき》の音に変わる。僕は振り返ることさえできなかった。

どうして。だって、だって母様はずっとあそこにいた。

一瞬でも疑ってしまった千紗都も、あの部屋に一緒にいた。

どうして。どうして。どうして。どうして。

僕の意識も血まみれになり、自分がなにをしているのかもよくわからなくなった。

「――マヒルさん」

声で、引っ張り戻された。

どれくらい自失していたのだろう。

腕の中のかたまりは、冷え切っている。指を動かそうとすると、にちゅ、と弾力性のある感触がした。血が固まりかけている。

頭が痛い。視界がぐらぐらと揺れている。

「マヒルさん。しっかりなさい」

母様の声だ。

母様の声は、肩の後ろあたりから聞こえてくる。

視界が揺れているのは、だれかが肩をつかんで揺さぶっているせいだと僕は気づく。

ゆっくり首をねじると、そこに――奈緒《なお》の、あるいは亜希《あき》の、美登里《みどり》の――死んでいった妹たちのものと同じ顔がある。

「……血で汚れます。離れなさい」

僕はもう一度、自分の腕の中に目を落とす。

奈緒が僕にしがみついて死んでいる。完全に。半分開いたまぶたの奥の眼球はひっくり返り、肌は土蔵の壁のような陰鬱《いんうつ》な白。

　母様に腕を引っ張られ、僕は立ち上がった。

　奈緒の身体が血糊《ちのり》でべっとりと濡《ぬ》れた床に転がって湿った音をたてる。

「奈緒……どうして。そんなことが」

　僕ははじめて、母様のうろたえた声を聞く。

「どうして。どこに……どこから？」

　母様の手を振り払うと、僕は廊下をふらふらと歩き出した。

「マヒルさん、どこへ――」

　どこへ？　なにを言っているんだ、こいつは。

「……外の警察を呼ぶんです。決まってるでしょう……」

　弱々しい声で言う。不意によろけ、壁に手をつく。指についた血のせいで、奈緒の血のせいで、滑ってしまう。

「いけません！」

　僕の身体は廊下の壁に叩きつけられた。母様が飛びついてきたのだ。両腕が背中側から回され、僕をきつく抱きすくめる。

「は……なして、母様」

「外の者を入れてはなりません。継嗣会《ひさねえ》を、済ませなければ、……」

狂ってる。この家は狂ってる。

僕はもがいた。母の腕の力は信じられないほど強かった。柱に何度も頭をぶつけた。

やがて、鼻と口になにかが――布の感触が押しつけられた。鼻腔《びこう》に、すさまじく甘いにおいが充満する。――匂い袋？

腕がほどけた。僕はとっさに身をひねって逃れると、後ずさり――

世界が半回転した。床がものすごい勢いで横から迫ってきて、僕の頬《ほお》に激突した。痛みがない。麻痺してしまっている。

母様の姿が視界の右端に逆さまに映っている。

ああ、僕は倒れたのか。身体が動かない。

僕の意識は闇に呑《の》み込まれた。

第七章　婚礼

視界の端からゆっくりと、闇がめくり取られていく。ちらちらとした火が僕のまわりで揺れているのがわかる。じりじりとした痛みの中で、僕は覚醒《かくせい》していく。

ここは——

天井画が目に入る。重なり合った大小さまざまな円の中で、踊り狂っている魔物。蝋燭《ろうそく》の火のせいだろうか、魔物たちはほんとうに蠢《うごめ》いているように見える。

祈祷所だ。僕の寝室。

どこからどこまで、夢だったのだろう。奈緒《なお》が……あれは……あれも……夢？

僕は意識を失う前のことを思い出し、自分の身体を確かめた。着ているものが記憶とちがう。洗いたての新しいシャツとジーンズを着ている。腕や胸を触って確かめる。

血の痕がどこにもない。

それじゃあ——全部、夢だったのか？

「そんなわけないだろう」

枕元で《　》がぼつりと言った。

「指を見たまえよ」

僕は言われるままに、自分の手の甲を顔の前にかざした。

爪の間に、黒いものがこびりついている。どの指にも。

「君の母御《ははご》が清めてくれたんだろうさ」

母様が。

「……母様と、千紗都《ちさと》、は？」

「さあ」

僕は身体を起こした。

祈祷所の床に広げられていた練香《ねりこう》の材料や器具は、みんな消えていた。かわりに、床の中央には、四角く切り取られた穴が開いていた。二畳ぶんほどの大きさだ。穴の横に、蓋の役目をしていたのであろう床板が置かれている。こんなものがあったのか。僕は十何年間も、こんな穴の上を寝床にしていたのか。

ときおり地の底からなにかが聞こえるような気がしていたのは、これのせいか。

まるでなにもかもが、その穴に吸い込まれてしまった後みたいだった。

僕は這《は》いずって穴に近寄った。勾配《こうばい》の急な石段が下へと続いている。錆《さび》と黴《かび》のにおいの入り混じった冷たい空気が、穴の中に溜まっている。

かすかに声が聞こえた。

穴のずっと下の方から、つぶやくような、祈るような、声が聞こえた。母様だ。

あれは、占事の呪言だ。

穴の中に足を差し入れた。ひどく冷たい。僕は裸足であることにそのときようやく気づく。

十数段下ると、すぐに僕の身体は闇に沈んだ。自分の鼻先も見えない。

見上げると四角い穴から光が漏れている。灯《あか》りを持ってくればよかった、と少し後悔したけれど、上に戻ろうとすると今度は後ろ向きに転げ落ちそうで怖かった。

壁に背中をこすりつけながら、僕は一段一段踏みしめ、下りていく。

どうして、こんなことになった？

どうして、僕は、なにもできなかった？

「できるはずがないよ。なにも知らなかったのだからね」

闇の中で《　》の白い髪だけが浮かび上がる。

「引っ込めよ。なんでも、なんでも知ってるみたいなふりして」

「君よりは知っているさ。聞きたいかね？」

僕は口をつぐんで、階段を下りることに集中しようとした。《　》の言葉が、唇を押し開いて出てくる。

「あまり耳に快《こころよ》い話ではないがね。なにせ君の考えている通りだ。この家系に巣くう化け物は、人食いだからね」

僕は足を止めた。

「およそ二十年に一度、朽葉嶺《くちばみね》の当主は代替わりする。四人の娘の中から一人を選んで家督《かとく》を譲《ゆず》り、新しい当主は数年後に次の四つ子を産む。つまりこれは——朽葉嶺の占事だよ」

「……占事？」

「そう。朽葉嶺の占事の形式はひたすらに原始的で頑《かたく》なだ。東西南北に枝を配して、鬼門と裏鬼門を封じ、四方いずれかのうち吉方《きっぽう》をあぶり出す。わかるかい？　選択肢はいつでも四つ必要なんだ」

　四つ——。

「だから朽葉嶺の当主は、必ず四つ子を産まなければならない。あの幼稚なまじないは、そのための式だ」

「……あの、死体」

「そう。あんな野蛮な式のために、伊々田《いいだ》市では二十年に一度、少女が四人殺されるわけだ。実にご苦労さんなことだよ」

「……あれに、なんの意味があるんだよ？」

　僕はいつの間にか立ち止まっている。

　三段下に立った《　　》もまた足を止め、こちらを見上げている。

「イタカの話を君は聞いていなかったのか？」

「——え？」

「あれは柘榴だ」

それは。たしかに聞いた。でも、それに、なんの意味が。

「だから、あれは懐妊祈願《かいにんきがん》のまじないだよ。柘榴《ざくろ》というのは子宝を願う際に使われる呪物なんだ。民間信仰だがね。たとえば子授かりの神、鬼子母神の供え物は柘榴と決まっている」

「……四つ……柘榴を食べたから、四つ子が……産まれるの？　馬鹿馬鹿しいよ、それ……そんな、そんな」

「そうだな。私も実に馬鹿馬鹿しいと思う。そもそも柘榴というのは人肉のメタファだよ。元来は人喰いの怪物だった鬼子母神を釈尊《しゃくそん》が諌《いさ》めたとき、人の肉の替わりに食えと教えたのが柘榴の実だ。人肉の味がするのだそうだ。人肉を柘榴に見立てるとはね、迂遠《うえん》きわまりない式だ。方程式で言えば、右辺にも左辺にも同じ係数をかけていてそれに気づいていないようなものだ。もっとも——」

肩越しに首だけこちらに向けて、《　》はいやらしく笑う。

「効けばそれでいいのだがね」

効けばいい。

効いたんだ。

僕は再び、闇の底へ吸い込まれるように石段を下り始める。

「効いたのだよ。これまでずっと効いてきたのだ。朽葉《くちば》嶺《みね》の家には代々四つ子の娘が産まれ続けた。男と交わることなしにね」

僕の呼吸が止まった。足だけが機械のように動いている。

夏生《なつお》が——言ってたのは、そういう意味か。婿《むこ》は、必要ない。

「そう。狩井《かりい》の家はね、おそらく朽葉嶺の司祭だったのだと——私は思う」

「……司祭？」

「司祭。もしくは召使い、奴隷？　まあ、呼び方はどうでもいい。世間の目からの隠れ蓑《みの》になるために代々養子を朽葉嶺に差し出してきた。そういった補佐が狩井の役目なんだ。いや、たぶん、本来の役目は式の下準備だったのだろうね」

「……下準備、って」

「君の考えている通りさ」

僕はなにか叫びだしそうになった。声のかわりに吐き気が喉《のど》を駆け上がってきた。

「君の母御《ははご》が、はらわたを食べたか血を飲んだかした後の食べかすを、切り刻んで柘榴にして、車で運んで所定の場所に棄《す》てたのだよ。それが狩井《かりい》家の仕事なんだ」

僕は唇を噛《か》みしめて、せり上がってきた胃液を飲み込む。

蔵の中。床に染みついた、黒。壁に並んだ巨大な刃物。

こいつは。この白髪の男は、どうして——今、このときになって、喋《しゃべ》り始めたんだ。

どうしてもっと早く、教えてくれなかった？

階段が尽きた。

僕は暗闇の縁に立っていた。周囲に目をこらす。僕の寝室——祈祷所と同じくらいの広さの石室《せきしつ》だ。四隅に燭台が設《しつら》えられ、弱々しい光が、床に描かれた不気味な絵を照らしている。

「……これ……」

祈祷所の天井に描かれたものとよく似ていた。極彩色《ごくさいしき》の多重円、流雲の模様、折り重なり輪になり列をなして踊る半獣神たち。

「占事は終わってしまったようだね」と《　》が言った。

部屋の中央に、なにかがぽつんと置いてあった。

近づくと、それが水を満たした鉄の鼎《かなえ》だとわかる。

広げた紙に土を盛り、黒い布を巻いた杭を突き立てた不吉なものが、鼎を囲むようにして三つ置かれている。鼎の左右、そして手前に、一つずつ。

「ほら、これが、亜希《あき》と美登里《みどり》と奈緒《なお》を殺した理由だ」

唯一盛り土の置かれていない、鼎の向こう側に《　》は立って言う。

「——え？」

「一目瞭然《いちもくりょうぜん》じゃないか。わからないのか？」

僕は鼎をじっと見つめた。

杭が立てられている席は、亜希と、美登里と、奈緒が座るべき場所だったのだろう。でも、今は、千紗都《ちさと》しかいない。

千紗都しかいいいいいない。

選択肢は千紗都しかないいい。

僕は《　　》の顔を見上げた。

「……選択肢を、一つに、するため？」

白髪の男は笑って踵《きびす》を返した。

「行こう。もう終わっているだろうが」

歩き出す。《　　》の向かう先、部屋の反対側の壁には、もう一つの上り階段が口を開けている。

「──なんで？　どうして、そんなこと」

僕は《　　》を追いかけた。足がもつれ、鼎にぶつかる。それは重い金属音を響《ひび》かせて倒れ、床に水がぶちまけられた。それでも僕は足を止めない。

「こんなことをする理由が、だれに──」

階段の入り口で《　　》が振り返った。

「わかっているんだろう。君にも、ほんとうは、もう」

僕は唾《つば》を飲み込む。

「君の母御《ははご》は少女を四人ばかり食べただけさ。君の妹たちを殺したのは──別の人間だ」

「——だれ、が？」

男は、白髪をひるがえして階段を上り始める。僕は後を追った。

「ねえ！　教えてよ！　だれが殺したんだよ！」

上り階段に足を踏み入れると、僕の身体を再び闇が覆《おお》った。何歩か先に《　》のぼうっとした白い影がある。僕がどれだけ足を速めても、その距離は縮まらない。

長い長い階段だった。僕の距離感覚はとうに麻痺している。屋敷の祈祷所から下りて……それから上って……地球の裏側にぽっかりと出てしまっても不思議じゃなかった。

やがて、光が見えてくる。

四角く切り取られた夜空が見える。月明かりだ。空気が動いているのが肌でわかる。

出口のすぐ手前で《　》が振り返った。肥えた月を背にして、けれどその足下《あしもと》に影はない。

実体は——ないのだから。

それでも僕は立ち止まってしまう。

「一つ——私にもわからないことがあった。夏生《なつお》のことだね。殺したのがだれかはすぐにわかったが、その理由がわからなかった。しかし今日、君が大学に行ってくれたおかげでようやくつながったよ」

「理由——なんて」

僕は意識が身体から遊離していくような感触を覚えた。壁についた手に力を込める。

「理由なんて、どうでもいいんだ。教えてよ、だれが殺したのか」

「私に言わせてどうする？　もう、気づいているんだろう」

またその問いか。

「いいから！　言えよ！」

白髪の男の影は穴の外に消えた。僕はそれを追って最後の数段を上りきる。

視界が開けた。


ぐるりを深い林に囲まれた広場だった。しんとした月明かりで青灰色に照らされた草地に、木々の影が優しく爪を立てている。地面は、奥に向かってわずかに上り勾配《こうばい》となっていた。

ここは——山の頂？

見回しても、木々の頭上には暗い空しか見えない。僕は上り下りした距離を考える。たぶんここは、踏み込むことを禁じられた山頂だろう。

ゆるい斜面の草の上に、直方体の大きな石が整然と並んでいた。石は不気味なほどまっすぐな列を三つつくり、奥へ——斜面の高みへと伸びている。

「朽葉《くちば》嶺《みね》の、墓所だね。見事なものだ」

いちばん手前の石のそばに立っていた《　》が言う。僕もそのそばに寄った。

「ほら、この手前の三つは新しい。亜希《あき》と美登里《みどり》はこの下に埋められているのだろうね。もっとも奈緒《なお》は——そんな時間もなかっただろうが」

僕は、震《ふる》える手で墓石に触れた。

なにも刻まれていない、のっぺりとした面。冷たい。

見上げる。暗闇の中、墓石は三つずつ、等間隔で並んでいる。どこまでも、どこまでも——

朽葉嶺の歴史。

四人姉妹の中から一人を選び、残りの三人を廃棄し続けてきた、歴史。

斜面のずっと上の方で、なにかが動いた。

僕は弾かれたように駆けだした。石や鋭い草を踏みつけ、足の裏が裂けるのがわかった。痛みは自覚できたけれど、なにかが麻痺していた。

動いている影が、はっきりした形となって見えてくる。

人だ。だれかがうずくまっている。

巨大な石を地面に埋め込んで作った石舞台の上に、二つの影が伏している。

「千紗都《ちさと》ッ!」

僕は叫んだ。

それは顔を上げた。

それが千紗都なのか、僕には一瞬わからなくなった。白い細面《ほそおもて》は、朽葉嶺の女のものだった。

母様の顔でもあったし、亜希の、美登里の、あるいは奈緒の顔でもあった。

ざあ、と風が鳴った。肩までの黒髪が風に乱れる。千紗都だ。

「千紗都……」

千紗都は立ち上がり、二、三歩よろけ、僕の腕の中に倒れた。真っ白な衣の下の千紗都の肌は、ひどく熱い。

「に、ぃ――」

千紗都が言った。

「母様、母様が――」

僕は顔を上げる。石舞台の上、もう一つの影。

うつぶせに倒れている。長い黒髪が、なめらかな石の上に広がって、のたくっている。

白い着物の背中が大きく裂けている。そこからのぞいているのは――

――なんだ、あれは？

背中の皮膚が中から食い破られたようにめくれあがっている、その、ばっくりと口を開けた穴の中は、がらんどうだった。背骨すらない。暗闇だけが溜まっている。

血が、どこにも流れていない。

僕はしばらく呆然《ぼうぜん》として、その抜け殻を見つめる。

と――

千紗都《ちさと》の背中に回した、僕の手に、妙な感触が伝わった。

なにかが、蠢《うごめ》いている。なにかが、千紗都の背中を這《は》いずり回っている。

「ぁ、ああ、あ、ぁあぁ……」

千紗都がうめき、舌を吐き出してあえいでいる。

「……ぁ、あ、に、ぃ、くる、し……」

「千紗都？　千紗都ッ？」

唐突《とうとつ》に、千紗都の両手が僕の首に巻きついた。尋常《じんじょう》ではない力で締め上げられる。

「──お……」

千紗都の口から、低く、ざらついた声が吐き出された。

「**──ここから、出せッ！　この汚れた身体から妾をッ、出せッ！**」

僕は戦慄する。これはだれだ？

「**妾はッ、謀《はか》られたッ！　閉じこめられたッ！**」

首に焼けるような痛みが走った。千紗都の手を引きはがそうとすると、その指が僕の腕に巻きつき、激痛とともに肉の焦げるようなにおいが漂《ただよ》う。うめき声を噛《か》み殺しながら突き飛ばした。小さな身体が、草の上に転がる。

立ち上がろうとすると、自分の荒い息が遠く聞こえる。手首を見下ろす。触れられた部分が酸でも浴びせられたみたいに赤く焼けただれている。僕はおののきながら、足下《あしもと》にうずくまって痙攣《けいれん》する女を見下ろす。

これは、千紗都じゃない。

千紗都の皮をかぶった魔物だ。

この魔物の、

この魔物の名前は、

この魔物の名前が、朽葉嶺か。


「妾をッ、出せぇッ！」

魔物が首をねじって顔を上げ、叫ぶ。僕は動けない。

僕の口が――《　　》の言葉を紡ぐ。

「マヒル。口づけをしろ」

……なにを？

「いいから言った通りにしろ。拒絶反応を抑えなくてはいけない。妻として認めるんだ。狩井《かりい》から出された婿《むこ》の役目というのは、実にたったそれだけなんだ。新しい女の身体に朽葉嶺《くちばみね》を定着させる触媒だ。その肉体はただでさえ不適合だから、このままだと弾け飛ぶぞ」

僕は《　　》の顔と、苦痛に歪んだ千紗都《ちさと》の顔をさっと見比べる。迷っているひまはなかった。暴れる千紗都の肩を押さえつけ、抱き上げる。

　重ねた唇は血の味がした。僕の腕の中で、のたうち回っていた千紗都の身体が、やがてぐったりと力を失う。僕は、はかないほどに細くて軽いその身体を、痛ましい気持ちで、草の上に横たえる。

　妻として、認める。こんな、おぞましい形で。

「もろいものだね。女の身体を乗り継いで、何百年生き続けてきたか知らないが」

　千紗都が――朽葉嶺が、僕を見上げる。

　その目は凶暴な憎しみの火をたたえて、僕を、《　》をねめつけている。

「その身体は行き止まりだよ。もう気づいているだろうが、手遅れだ。おそらく子宮の損傷かあるいは排卵障害か。どのみち、その女の身体は子が成せない」

　僕は、自分の口から漏れたその言葉を、息とともに呑《の》み込む。生殖障害？

「そうだよ。千紗都の寝室に置いてあった呪物を憶えていないかい。裁縫《さいほう》箱の上に置いてあったものだ」

　僕は、それを思い出す。白い糸で縫《ぬ》い合わされた、割れた瓜《うり》。あれが……？

「そう。それだ。瓜というのは女性生殖器の象徴なんだ。あれは四国地方に伝わるまじないだよ。処女性の回復、あるいは不妊治療――繕《つくろ》う糸に込められるのは、そんな願いだった。千紗《ちさ》都《と》は自分で気づいていたんだ。あるいは診療結果を夏生《なつお》に聞かされていたのか。だから禊《みそ》ぎを

し、瓜を繕い、むなしい望みを託した」

僕は、これまでの千紗都の、痛みに満ちた言葉と目を思い出す。

それで——なのか。それで千紗都は、どうせ自分は選ばれない、と。

「しかし、この年を経た哀れな化け物は、気づかなかったのだよ。その身体が行き止まりであることに。本来、継嗣会《ひさねえ》の占事は最もふさわしい次の肉体を選定するために行われるものだったはずだ。子を成せない娘は、普通ならば選ばれるはずがなかった。でも、朽葉《くちば》嶺早苗《みねさなえ》の感覚能力は失われていたんだ。印度《いんど》蛇木《じゃぼく》を、憶えているね？」

僕は呆然《ぼうぜん》とうなずく。イタカのスケッチブックに描かれた、毒樹。

「その根に含まれる薬効成分レセルピンは、嗅覚障害《きゅうかく》を引き起こす。もちろん、机上の空論だ。印度蛇木の根を食べれば嗅覚がなくなる——そんな馬鹿な話は現実にはあり得ない。しかし、式の打ち合いでは概念そのものが武器になる。そう認識すればそれが真実だ。だから、この化け物の嗅覚は、破壊されていたんだ。もっとも、無事に占事を行えていたとしても、この結果は変わらなかっただろう。なぜなら」

なぜなら——

千紗都以外の選択肢は、なかった。

「その通りだ」

僕は——《　》は、千紗都のそばにかがみこんだ。

姉妹をすべて殺され、化け物を身体に受け入れ、死にかけている、僕の妹。僕の妻。激しく痙攣《けいれん》しているその頭を、そっとなでる。

「四引く三は一だ。馬鹿馬鹿しいくらい――単純な式だ」

ぽつりと《　》がつぶやいた。

「式は単純なものほどよく効くのかもしれない。ただね、なんの目的でこの式を打ったのかは、推測の域を出ないね。東京から働きかけて警察を動かせるほどの力を持つ連中だ。殲滅《せんめつ》すればいいのではないか。私はこう考えるよ。これは捕獲が目的ではないか、と」

「――捕、獲？」僕は強引に言葉をはさんだ。

おかしい。息が苦しい。自分の身体なのに、《　》はこの身体を使ってこれだけ饒舌に喋《しゃべ》っているのに、自分はうまく声が出せない。あのときと同じだ。僕の身体が。

「詳しいところは、本人に訊けばいい。もうすぐやってくるよ。その肉体が行き止まりであると気づかれぬように柘榴を毒樹に描き換えて嗅覚を摩滅させ、生殖系に障害があることを漏らされぬよう口封じのために夏生を殺し、子を成せない行き止まりの身体を確実に選ぶように他の三人を殺し、この馬鹿馬鹿しい式を完成させた――陰陽師が」

背後で羽音がした。

僕は振り向いた。

斜面の中ほどに黒い人影が立っていた。

人影の肩の上に、黄色い光がともっている。風が吹き下ろして、長い黒髪を梳いた。

「ずいぶん遅かったね」と《　》が言った。「屋敷の中にずっといたのだろう。私よりも先にここに来ていてもおかしくなかったのに」

「途中で鎮痛剤が切れただけだ」

イタカはそう答えた。

黒い影は、草の波打つ斜面を滑るように近づいてくる。その手にあるスケッチブックは、月明かりで銀灰色《ぎんかいしょく》に照らされ、まるで断頭台の刃みたいに見えた。

足音にかき消されそうなほどの小声で、僕は訊ねた。

「千紗都《ちさと》も、――殺しに来たの？」

イタカは足を止めた。三歩ほどの距離をおいて僕と向かい合う。

黒いコートの肩を蹴って、鴉が羽ばたき飛び立った。

「引っ込んでいろ、マヒル。貴様とは——その白髪の男とは、やり合いたくない」

「光栄だね」と《　》が答えた。

「ずいぶんと驕慢《きょうまん》になったな、囚人」

「君のおかげと言えなくもない」

「失せろ。わたしの邪魔をするな」

「残念だが全力で邪魔させてもらうよ。こんなに嬉しいことはない。今、この世に生を受けてはじめて、私とマヒルの利害が一致しているのだから——」

その言葉が終わるのとほとんど同時に、僕は地面に身を投げた。頭の数寸上を、黒い風の塊《かたまり》がうなりをあげて通り過ぎた。

背後で重い激突音が炸裂する。僕の身体は草の上を転がり、墓石にぶつかって止まった。

むせながら立ち上がると、イタカが石舞台に——ほんの一瞬前まで僕がいた場所に突き刺さった腕を、引き抜いているのが見えた。破片がぱらぱらと黒いコートに降りかかる。

耳元で《　》が笑う。

「どうりで凶器が発見されないわけだ。素手とはね」

あれが、亜希《あき》を殺した。

あの腕が美登里《みどり》の腹を貫いた。

あの腕で、奈緒《なお》を——

イタカが地面を蹴った。

とっさに横に飛び退いた、その脇腹《わきばら》を弾丸のような手刀がえぐった。墓石が粉々に砕けるのが見えた。僕はもんどり打って倒れ、肩をしたたかに打ちつけた。全身に痛みが走る。一瞬、自分が立っているのか倒れているのかわからなくなる。

「マヒル」すぐそばで《　》が囁《ささや》いた。「君じゃ勝てない。死ぬぞ」

「黙ってろ、僕は、」

立ち上がった。右脚に力を込めた瞬間、横腹に激痛が走った。

「──がッ」

膝《ひざ》が折れる。手で確かめると、ぬるりとした感触がある。

かすんだ視界の中、イタカの影がゆらりと揺れて、消えた。

次の一瞬、世界が白熱した。

熱い。左の胸が熱い。

鎖骨のすぐ下から、手が生えていた。血まみれの手が。

「──あ」

いつの間にかイタカが背後にいるイタカの手刀が肩胛骨《けんこうこつ》を貫いている指先が血に濡《ぬ》れて光っている、そう気づいた瞬間、貫通した手が引き抜かれた。

熱が膨大な量の痛みに変わる。

「――ぁあああああああああッ」

僕はくの字に倒れた。ぐらぐら揺れる視界の中、黒く細い後ろ姿が僕をまたぎ越し、石舞台へと近づいていくのが見える。いつのまにか彼女はコートを脱いでいて、腕が肩からむき出しになっている。

その両腕ともに、血で汚れた包帯が巻かれているのを見て、僕はあのとき――藤咲《ふじさき》の腕をつかんでしまったときの違和感の正体を理解する。

ペインティングナイフを突き立てたのは、左腕だったはずだ。それなのに、藤咲は右腕にも傷を負っていた。イタカの右腕――包帯の間に、酸で溶かされたような痕が見える。千紗都《ちさと》に触れられた僕と同じように。

だから、あの右腕を傷つけたのは、母様だ。母様は一つも嘘なんて言っていなかった。

母様はあの夜、血の海だった美登里の部屋でイタカと遭《あ》ったのだ。そして、毒手であの右腕を灼《や》いた。美登里《みどり》の命を奪ったばかりの、あの腕を。

イタカは月光に凪《な》ぐ草の上を、千紗都《ちさと》の倒れた石舞台へと、ゆっくり歩いていく。僕は這《は》いずってその後を追おうとする。でも、どこにも力が入らない。頭を持ち上げるだけで、激痛に打ちのめされ、肩の穴から力が吐き出されていく。

やめろ。

千紗都に手を出したら、

「おまえを、殺してやる」

それが《　》の言葉なのか、自身の言葉なのか、僕にはわからなかった。

どくん、と心臓が音を立てて動き出した。身体にグロテスクなほど甘美な力が充満する。痛みが一瞬でかき消えた。

「　　　　――アァァァッ！」

僕の喉《のど》から獣の咆吼《ほうこう》がほとばしった。

身体がばねのように弾け、立ち上がるのと同時に地を蹴る。イタカが振り向き、その顔が驚愕《きょうがく》に歪んだ。突き出した僕の拳に、肉をえぐる心地よい手応えが伝わる。

イタカの身体は吹き飛んだ。草の上を二度三度と弾んで、うつぶせに倒れる。

「殺せッ！」《　》の声が頭蓋骨《ずがいこつ》の中で響《ひび》く。僕は、手前に倒れている白いだれか――千紗都《ちさと》？――を跳び越えてイタカに躍りかかった。立ち上がりかけていたイタカのこめかみに僕の右拳が突き刺さる。イタカは再び地面に打ち倒される。盾にしていたスケッチブックが弾け飛んで、地面に広がる。

「そいつを殺せッ！　血まみれにしろッ！」

そう《　》の声で叫びながら、僕はイタカの上に馬乗りになる。

こいつが殺した、こいつがみんな殺した、だから、

だから僕はこいつを、

「——殺すッ！　殺すんだッ！」

イタカの首を両手でつかみ、爪をたて、何度も何度も何度も何度も地面に叩きつけた。

「殺して血をしぼりだすッ！　血の池の水面にッ私のッ顔を映すッ！　そしてマヒルおまえは私の名前を思い出すおまえは私を名付けるおまえは私の縄を解くおまえは私のものに——」

僕は手を止めた。

僕は、——今、なにを言っている？

「手を止めるなマヒル」

ちがう、

「喉をつぶせ爪をねじ込め殺せそれはおまえの妹を殺した——」

僕の声じゃない。

僕はいつの間にか、立ってイタカを見下ろしている。

仰向けに倒れたイタカの上には、両腕を縛られた白髪の男が馬乗りになり、真っ赤に充血した目をむいて、荒い息を吐いている。

僕はそれを見ている。

白髪の男が僕を見上げた。

「私を見ろ」

低く、獰猛《どうもう》な声。

「私の名前を言え」

血の混じった涎《よだれ》。

「おまえはこの女が殺したいほど憎いはずだなぜなら私がそう仕向けたからだ。おまえは許嫁《いいなづけ》たちを守りたいと思っていた私がなにもしなければおまえはずっと屋敷から離れなかったはずだ。おまえが外を出歩き犯人をかぎ回ったのは私の意思だおまえは自分で考えて行動していると思いこみその実私の思惑で動いていたなぜなら犯人を知る必要があったからだおまえの犯人への憎悪が私を解放するからださあ私の名前を言え」

嘘だ。そんなの、

「おまえに意思なんてなかった、ただ私の渇望《かつぼう》に流されていただけだ。名前を言え。私がかわりにこの女を殺してやる」

「――いやだ」

「なぜだ。おまえはこの女を殺したいはずだ」

「殺したいよ。でも、いやだ」

「この女はおまえの母親を式にはめるためだけに四人も殺した」

「わかってる。でも」

僕は、足下《あしもと》に目を落とした。草の上に、ページを広げた、スケッチブック。そこに茶色いコンテで描かれているのは、細い木の幹に背中を預けてまどろむ、一人の少年。僕がだれよりもよく知っている、けれど一度もまっすぐに向き合ったことのなかった、その顔。ページの右下に記された十一月最後の日付は、僕らが過ごした、もう二度と戻らない時間のしるし。


「──でも、その娘は藤咲《ふじさき》だよ」


僕は顔を上げて静かに告げた。男が放心した顔になった。

「だから、僕には、殺せない」

名もない白髪の男は、口を開いた。なにかを言おうとした。僕は目をつむり耳をふさいだ。

暗闇の中に、熱だけになる。

「失せろ。その身体は僕のだ」

笑い声が──かすかに聞こえた。それから、無数の歌声。

「──ああああああああああああああああッ」

獣の咆吼《ほうこう》が耳を裂き、僕の身体は背中から尖った地面に叩きつけられた。腕が動かない。両腕が縛られたように動かない。胴の上に馬乗りになった男の、逆光の中で翳《かげ》るその顔は僕のものので、ただその髪だけが氷の刃のように白い。男の両手が僕の首に巻きつく。指がぎりぎりと喉《のど》に食い込む。

「マヒルおまえは私のものだ私の付属物だ私の名前を見つけるためだけの――」

「だ、ま、れ」

僕はちぎれそうなほどに両腕に力を込めた。視界が徐々に赤い闇に浸蝕されていく。なにかがぶつりと断たれる致命的な感触があり、白髪の男がのけぞった。

「消えろッ！」

僕は腕を自分の背中の下から引き抜いた。振り上げ、男の顔に突き刺す。爪が皮膚をえぐり指が肉に潜り込み骨と骨がぶつかり合う、痛ましい感触が肩から背中にまで伝わった。それでも僕は、もう片方の手も男の頭に伸ばす。

「消えろォッ！」

掻《か》きむしる。血が垂れて僕の顔にぼたぼたと落ちてくる。それは僕自身の痛み、逃れようともがいて吐き出される叫びは僕自身の悲鳴だった。

やがて、顔と全身の痛みがうぞうぞと動き回り、弾けそうなほどに赤熱し――左肩と脇腹《わきばら》に収束する。

僕は肺をしぼるように息を吐き出して、倒れた。

目の前に、黒髪の少女の顔。

平衡感覚が戻ってくる。僕は、少女とぴったり身体をあわせて倒れている。

寒気が背筋を這《は》い上がる。肩のすぐ下に開いた穴から、体中の熱がどくどくと流れ出していくのがわかる。

「マヒルさん」

耳元で少女の声が囁《ささや》いた。

「ごめんなさい」

僕は顔を上げて笑おうとしたけれど、うまくいかなかった。藤咲《ふじさき》だ。これは藤咲だ。視《み》なくてもわかる。だって、泣いている。

「わたしを殺してくれても、よかったのに」

「……どうして。僕に、そんなこと、させたいの」

藤咲《ふじさき》は答えない。意識が遠くなっていく。

だって言ったじゃないか、と僕は声にならない吐息《といき》を漏らす。

だれを憎むのかは、僕が決める。あの白髪の男ではなく。

なにがあっても、藤咲を——

そう、約束したのだから。

さら、さら、と、葉のこすれ合う音が背中に聞こえた。それがいくつも積み重なる。膨《ふく》れあがり、何万人ものかすれた吐息《といき》のようになる。なにかが、僕の背後で、立ち上がろうとしている。そこにあるだけで、息も詰まりそうなほどの巨大ななにかが。

藤咲の身体をどけて、立ち上がろうとすると、全身の骨と筋が悲鳴をあげた。それでも僕は膝《ひざ》に力を込めて、草の上に手をつき、身を起こす。血が腕を伝ってどくどくと流れ落ちていく。振り払って、背後を向いた。

そうして、理解する。

なぜイタカが式を打ったのか。なぜ母様をただ殺すだけではいけなかったのか。

石舞台の上で、ゆらりと立つ白い人影。朽葉嶺《くちばみね》──千紗都《ちさと》。その背後に広がる、無数の幹と枝のまぼろしを僕は視《み》る。天にも届くほどに差し伸べられた梢、こすれあって数万の呪わしい歌を響《ひび》かせる葉。朽葉嶺は──

朽葉嶺は、この町そのものだ。

この町に数百年に渡って根を張り、血を吸い、枝を広げてきたもの。空を覆《おお》い尽くすほどに生い茂り、根付いた大地を雪から護《まも》る大樹。殺せない。殺せるわけがない。これを前にしては、どんな力も──ただ枝を揺らす風に過ぎない。だから。

かつての母様と同じ顔をした女が、ゆっくりと石舞台から下りる。回春の祝福にさざめくはずの森の木々が、今は呪詛《じゅそ》の言葉で満ちている。

気づくと女の姿は僕の——草の上に膝をついて崩れ落ちようとしている僕のすぐ目の前にあって、その手が、血で濡《ぬ》れた肩をつかむ。女の目には暗闇が溜まっている。動けない。ず、ず、ず、と湿った不気味な音だけが僕の頭の中で響いて、体温がずるずると胸の穴から吸い出されていく。ああ、そうか。口づけが、朽葉嶺の婿《むこ》の最初の仕事で——そしてこれが、最後の仕事か。だから、婚礼のすぐ後に、死ぬのか。

肉体を取り替えた朽葉嶺の、最初の餌。

けっきょく僕は——なにをしたんだ？　だれも守れなかった。亜希《あき》も、美登里《みどり》も、奈緒《なお》も。そうして今、千紗都も化け物に呑《の》み込まれていこうとしている。僕の血が吸い尽くされたら、藤咲も——

なにもできるわけがない。

それでも、僕は女の顔を見上げた。

意識が薄らいでいく。寒さが、僕の体温に同化しようとしている。でも、目を閉じるわけにはいかなかった。

僕にできる、たったひとつのこと。

「……千紗都《ちさと》」

名前を、呼ぶ。

朽葉嶺《くちばみね》じゃない。おまえの名前は、千紗都《ちさと》だ。僕の妹。暗い葉をかきわけ、絡み合う根を引きちぎり、何重にも覆《おお》い隠され、取り込まれようとしていたその名前に、僕は手を伸ばす。

「千紗都」

もう一度。それが、限界だった。

力を失って崩れ落ちようとした僕の身体を、支えるものがあった。

両腋《わき》に回された、細い腕。僕を抱きしめるような。

閉じかかっていたまぶたを、開く。そこに、懐かしい顔。涙で濡《ぬ》れた瞳。いつも怒ったり泣いたりしてばかりだった、千紗都の瞳。

「……兄様」

唇から漏れる、つぶやき。僕も腕を持ち上げた。小さな背中を抱き寄せる。

僕らは、重なり合って草の上に倒れた。

無数の羽音を聞いた。引きつった皮膚の痛みに耐えながら首をわずかに曲げると、斜面をのぼってくる白い人影が見えた。

――白衣を着ている。

白衣のまわりに、何十羽もの黒い鳥が群がり、黄色く光る目を闇の中でぎらつかせている。

羽ばたきの音が世界を満たしていく。

僕と千紗都の頭の、すぐそばの草を踏む足音。

顔を上げ、僕は全身の呼気《こき》をかき集めて、言葉を吐いた。

「……千紗都に指一本触れてみろ」

それは、《　　》ではなく、僕自身の憎しみ。

「殺してやる」

蓮太郎《れんたろう》は僕を見下ろしてきた。眼鏡の向こうの細い目がかすかに微笑んだ。

「君が勝つとは思っていませんでしたよ」

膝《ひざ》を折り、僕に顔を寄せて、蓮太郎は囁《ささや》く。

「イタカにも、あの白髪の男にも――そして朽葉嶺にも、ね」

勝った？　これが、こんな、なにもかも損なわれて乾いた血と骨しか残っていない場所が、僕が勝って手に入れたものだとでも言うのか。

「我々は数百年に渡って、朽葉嶺《くちばみね》を監視してきた。他にやりようはなかったのかと、君は思うでしょうね。ありませんでした。朽葉嶺は――あまりに巨大すぎた。どこかで、四つ子に血塗られた罠を仕掛け、式を打たなければ、肉体を取り替えながらどこまでも根を伸ばし血をすすり続けたでしょう。イタカと藤咲《ふじさき》には、つらい仕事をさせました」

蓮太郎《れんたろう》は、空を仰いで言う。千紗都を一度も見ない。

「その捕獲計画の直前で、我々はなお恐るべき存在に気づいた。朽葉嶺《くちばみね》との何代にも渡る混血の果てにまぎれ込んだ、あの名もない白髪の男」

蓮太郎《れんたろう》の手が、僕の頬《ほお》に触れた。そこには、傷一つない。僕があのとき掻《か》きむしったのは、まぼろしだ。

「でも、今わかりました。ほんとうに恐れるべきは、そのどちらでもなかった」

冷たい手に、熱が吸い取られていくようだ。

「朽葉嶺マヒル、君だ」

僕？

なにもできず、家族をみんな殺され、自分のことさえ自分で決められず、ただ流されるままにこんな場所まで追い詰められ、死にかけて倒れている、この僕？

僕は、気を失ったままの千紗都《ちさと》の身体をどけると、腕を草の上に突き立て、骨がすべて砕けそうなほどの痛みを頭から閉め出し、身体を地面からめりめりと引きはがすようにして、立ち上がった。すぐ目の前にいた蓮太郎が、凍った表情のまま一歩後ずさる。その身体にまとわりついた無数の鴉《からす》たちが、ざわめく。

「……それがどうしたんだ。なにしに来た。千紗都を――」

「白髪の男の言った通りですよ。朽葉嶺を捕らえるために来ました」

「それ以上、千紗都に近づくな」

僕は、ささくれだった喉《のど》から声をしぼり出す。

「おまえの手は瞬《また》きよりも速く僕を切り裂けるかもしれない。でも、その前に僕はおまえの名前を見つける。《語られざる者》、おまえの名前を引きずり出して、刻みつけてやる」

蓮太郎の顔がかすかに歪んだ。息を吐き出し、両腕を広げる。

「私をここで退《しりぞ》けて、どうするつもりです？　いずれその娘は、体内に定着した朽葉嶺の拒絶反応で死ぬでしょう。受け継げない身体だったのだから。そうしたらどうなると思います？　またこの町で、新しい芽吹《めぶ》きが起きるだけです。狩井《かりい》の家に散《ち》らばった、朽葉嶺の血筋の中からね。それを押しとどめられるのは、我々しかない。その娘を捕らえ、封じ、半永久的に生かしておく。それしかないんですよ」

「おまえの知ったことじゃない。消えろ」

胸を血が伝い落ちるのがわかった。僕の身体から、熱と力が逃げていく。それを見透かしたのか、蓮太郎が笑った。

「取引をしましょう」

――取引？

蓮太郎が口にする交換条件を、僕はぼんやりと聞いていた。寒い。地面が霧でできているみたいに感触があやふやだった。立っているのか倒れているのかもわからなくなってきた。膝《ひざ》が力を失った。僕の視界を取り囲む暗い森と空がぐらりと回る。

気づくと、白衣の腕の中。すぐ上に蓮太郎《れんたろう》の顔、眼鏡越しの冷ややかな瞳。

「……ほんとうに、約束するのか？」僕はかすれた声で言った。

「約束します」

「じゃあ」まぶたが落ちてくるのをこらえる。「僕のことは、好きにしろ。千紗都《ちさと》になにかあったら、絶対に赦《ゆる》さない」

蓮太郎がうなずくのが見えた。

「今は休みなさい、《名付ける者》。君が目を閉じている間、この世界の平穏はわずかながら保たれるでしょう。君が再び目を開けたときは、また血塗られた闇の中だ」

だから、今は休みなさい。

押しつけられた手のぬくもりに、僕は抗《あらが》おうとした。けれど、肩の傷口から流れ出す血とともに、力が萎《な》えていく。

無数の鴉《からす》の羽音が、優しく僕を包み込む。暗闇の欠片がひとひら、またひとひら、舞い落ちてきて僕の視界を埋めていった。

第八章　雪

千紗都は、病院のベッドの上で十六歳になった。

「検温ですよー……あら？」

病室にひょいと入ってきた看護婦さんが、僕を見て素《す》っ頓狂《とんきょう》な声をあげ、それから頬《ほお》をふくらませる。

「面会時間はまだですよ、お兄さん」

僕はベッド脇のパイプ椅子に座ったまま、首をすくめる。

「――個室なんだから、ちょっとくらい」

「自分だけ一足先に退院したからって、勝手しちゃあだめですよ」

看護婦さんは、体温計の載ったトレイでぽんぽん僕の頭を叩いた。それからベッドの反対側に回り込み、カーテンを開く。曇った朝のか弱い光が病室に射し込む。

「千紗都ちゃん、気分はどう？　はい、体温計りますよー」

ベッドの中の千紗都は弱々しくうなずいて腕を差し出す。

「そういえば、明後日だかに千紗都《ちさと》ちゃん別の病院に移るんだって？」

看護婦さんが顔を上げて訊いてきた。

「あ……はい」

「お引っ越し？」

僕はうなずいた。

「——転校？」

少し時間を置いてから僕はもう一度うなずく。

「そっか。まあ色々あったらしいもんね」

看護婦さんはさらりと言う。

色々、だけで済ませられないことだらけだったのは、きっとこの看護婦さんも知っているのだろう。週刊誌も新聞もテレビも警察も、ここ半月僕と千紗都を探し回っていたという。伊々《いい》田《だ》市にとどまりながらも無事だったのは、機関が手を回してくれたからだ。

だから、そのあっさりした言い方を、僕は嬉しく思う。

「大変だねー。がんばれ少年。はい千紗都ちゃん、次は血圧」

看護婦は歌うような調子で言う。

「——僕は、べつに大変じゃないですよ」

「ふうん？」

「狩井《かりい》の人たちは、大騒ぎみたいだけど」

狩井家の主立った人々はのきなみ逮捕された。百にのぼる関連会社はどこも経営どころではない状況に陥っている。けれど――

「僕んち、要するにただの占い師でしたから。いなくてもだれも困らないんですよ」

孤独な――一族だったのだ。職務もない。信仰もない。ただ権力だけがあった。僕は少しだけ母様のことを想う。もう、憎む気持ちもない。僕にとってあの人は家族じゃなかったし、あの人にとってもそうだった。いや、娘たちだって家族じゃなかったんだ。

母様にとっての千紗都たちは、自分が寄生している肉体の、ただの代替部品。

朽葉嶺《くちばみね》は、いつこの地にやってきたんだろう。どれほどの孤独な時を過ごしたんだろう。さみしくなかったんだろうか。僕ならきっと耐えられない。そう思ってしまうのは、僕にまだ人間の部分が多く残っているせいなのかな。

「だれも困らないってことはないでしょう」

看護婦さんは、千紗都の腕に巻きつけた血圧計をはがしながら言う。

「だれだって、だれかには必要とされているのよ、少年」

素敵な一般論だな、と僕は思う。その看護婦さんの歌うような口調で言われると、その通りかもしれないと少し思えるから不思議だった。

「さてっと」

トレイを手に、看護婦さんは立ち上がった。

「ほら、わたしも行くからお兄さんも出なさい。臨時面会時間おしまい」

「……もうちょっとだけ、だめですか？」

僕は上目遣いで訊ねる。

看護婦さんは、んんんんん、と視線をさまよわせ、靴の先で床にいくつも丸を描いた。

「しょうがないなあ」

またトレイで頭をはたかれた。

「千紗都《ちさと》ちゃん、昨日今日は落ち着いてるけど、発作《ほっさ》まだ出るから。五分くらいだよ」

千紗都は小さくうなずく。

「だれかがもし来たらベッドの下にでも隠れて。いい？　わたしが怒られるんだから」

「はい」

僕はくすくす笑う。

看護婦さんは最後にもう一度僕の頭をトレイでぽんとやると、病室を出ていった。

僕は千紗都に向き直る。千紗都は目をそらした。やせ細った自分の腕を握りしめて、じっと押し黙っている。

「あの家、とか、土地とか、全部売るって」

千紗都は小さくうなずいた。

みんな、いなくなってしまった。

「なんで、あたしだけ」

千紗都が窓に顔を向けたままつぶやいた。

「みんな。いなく、なっちゃったのに。亜希《あき》ちゃんも、美登里《みどり》ちゃんも、奈緒《なお》ちゃんも」

母様も。千紗都の声は、ぼたり、ぼたりと毛布の上に落ちた。その肩が、震《ふる》え始める。

「あ、あたしは、こんなのお願いしてない。いやだ。ねえ、どうしてあたしだけ生きてるの。神様が、意地悪したのかな」

千紗都は両肩にきつく爪を立てて、がたがたと震えた。

「夜になると、色んな人たちがいっぱい話しかけてくる。みんな死んだ人たち。母様も。でも、なに言ってるのかわからないし、あたしの声も届かないし」

僕は千紗都のうなじをじっと見つめた。不気味な隆起も毒々しく浮き出た血管も、もう見えない。朽葉嶺《くちばみね》は、千紗都の身体に定着したのだ。この肉体にとどまり、もうどこにも行けない。数百年の血塗られた歴史は、千紗都の身体の中で、呪わしい言葉を吐き続けながら朽ち果てようとしている。

「やだよ。もう、いやだ。どうして、あたしだけ」

「僕がいる」

僕のつぶやきに、千紗都は振り向いた。もう、泣いてもいない。その両眼にはただ絶望だけが溜まっている、それでも、僕は言う。

「千紗都《ちさと》がいなくなったら、僕はひとりになっちゃう」

ああ——これじゃ、僕のただのわがままだな。

でも、たしかに理由はそれだけだった。僕はただ自分の孤独を埋めるためだけにでも、千紗都にいてほしかった。

「それじゃあ」

千紗都が僕をうつろな目でじっと見つめたまま言った。

「兄様は、ずっとあたしのそばにいてくれるの？　亜希《あき》ちゃんと美登里《みどり》ちゃんと奈緒《なお》ちゃんのぶんまで。あたしのせいで毎日毎晩、いやなことを全部思い出しても。あたしの口から勝手に出てくる、わけのわからない気持ち悪い言葉も全部聴いてくれるの？　あたしが時々どうしようもなく——」

千紗都の言葉はそこでとぎれた。唇を噛《か》んで、うつむく。

僕もまた、毛布の上で組み合わされた千紗都の手をじっと見つめたまま、口を閉ざしていた。なにを言えばいいのか——

「わからない、かい？」

声がした。

顔を上げる。ベッドの反対側、窓のそばに、長い白髪の男が立っている。腕は後ろに回されて縄で何重にも縛られたままだ。

「驚いているね。もう出てこないと思ったかい？」

僕は、無意識に、掛け布団の端を握りしめた。

「あいにくだったね。私はいつでも君を求めているよ」

腕に、ひんやりした感触。

千紗都が、僕の手首をつかんでいた。唇がかすかに動く。

「――兄様」

千紗都の声に、《　》の声がかぶさる。

「君がなにか迷うことがあれば、舵《かじ》を手放したくなるときがあれば、喜んで――」

「その人の話を、聞いちゃ、だめ」

千紗都が僕を見つめながら首を振る。

僕は息を止め、目を閉じ、肺の空気を吐き出す。

僕も千紗都も、これを背負って、この先ずっと生きていかなきゃいけない。

目を開くと、白髪の男は消えていた。カーテン越しに、冬の曇り空の弱々しい光。

不意に窓の外を、黒い影が羽音とともに横切る。

――鴉《からす》だ。

千紗都がゆっくり手を離した。

僕は椅子から立ち上がった。

「じゃあ、また明日来るよ」

千紗都《ちさと》は首を振った。それでも僕が病室を出るとき、背中にかすれた声がかけられる。

「行っちゃやだ」

振り向くと、涙のたまった千紗都の目。

「行かないで、兄様。あたしを、み、見捨て、ないで」

「大丈夫」

無理に微笑んでみせる。うまく笑えてるだろうか。

「僕は、ずっと千紗都のそばにいるよ」

でも、今は、行かなきゃいけない。

何人もの白衣や青いパジャマ姿とすれちがい、階段を下りて、ロビーを通り抜け、裏口から外に出た。肌寒かったけれど、よく晴れていた。

病院裏の、人気のない駐車場の隅に、銀色の車が停まっていた。運転席のドアにもたれて、黒ずくめの人影が一つ、立っている。僕はそちらへ足を向けた。

「もう……怪我はいいの？」

顔が――その険しい目つきが見えるくらいまで近くに来て、僕は言った。

「鎮痛剤の常用からは解放されたな」

イタカは素っ気なく答えた。

「それで？」

僕が訊くと、イタカの目が少しの間、泳いだ。珍しいことだ、と僕は思う。なんでもずけずけ言うやつだと思っていたのに。

「千代一《ちよいち》の決定が出た。機関はおまえを受け入れる」

「そう」

まだ実感がなかった。蓮太郎《れんたろう》は僕を恐れるとか言っていたけど、自分になにができるのかもよくわからない。

「本気なのか。どうして、またわたしたちに関わろうとするんだ」

「だって、それが千紗都を自由にしてくれる条件なんでしょ」

「自由じゃない。あの女になにかあれば、また朽葉嶺《くちばみね》が戻ってくる。だからこれから一生、機関の監視下だ。ただ、おまえと一緒に暮らす許可が出ただけだぞ」

「わかってるよ」

それでもいい。たった、それだけのことでも。ずっと千紗都の隣にいられる。

「わたしは反対したんだ。手に負えない脅威があるときは、それを自陣に引き込んでしまえばいいという老人たちの考え方には、虫酸《むしず》が走る」

「そんなの僕の知ったことじゃない」

「それにわたしはおまえがきらいだ」

「知ってる。でも、ありがとう」

イタカは、きっ、と僕の方を向いた。

「なんで礼なんか言うんだ」

「だって、あのとき、藤咲《ふじさき》に逢《あ》わせてくれたから。わざわざ痛い思いしたりしてまで」

「あれはっ、藤咲のためだ。おまえのためじゃない」

イタカは怒った声をあげて、それからふいと背を向けた。でも僕はもう知っている。イタカと藤咲は半分ずつなんかじゃない。お互いが溶け合っていて、どこからが藤咲で、どこからがイタカなのか、区別できない。だから、今僕の目の前にいるのは、藤咲でもある。

「わたしを殺さなかったのは、そんな理由か」

イタカの声はまだ怒っているように聞こえる。

「わたしが藤咲だから？　そんなくだらない理由で、おまえはあの白髪の男をねじ伏せたのか。あきれたものだ。それができるなら、もっと――」

「くだらなくないよ。まるで殺してほしかったみたいに言うのはやめようよ」

僕はあのときの、藤咲の言葉を思い出してしまう。

『わたしを殺してくれても、よかったのに』

そんなの、哀しすぎる。「——せっかくまた逢えたのに」

「そういうせりふは藤咲に言え」

「だから、イタカに言ってるんじゃないか」

イタカはぱっと振り向いた。むっとした顔にはかすかに赤みがさしている。車を離れて一歩二歩僕に近づいてくると、「後ろを向いていろ」といきなり言う。

「……え？」

「いいからあっちを向いていろ」

僕の顔に手を伸ばしてきてぐいと首を後ろに向けようとするので、訝《いぶか》りながらも僕はイタカに背を向ける。なんだろう突然——

イタカがコートを脱いだのが気配でわかった。

「あ」

イタカの意図に気づいた僕はとっさに振り返って、彼女が振り上げた右手をつかむ。自分のむき出しの左腕に、刃を振り下ろそうとしていたその手を。

「な、お、おまえッ」と、イタカは顔を紅潮《こうちょう》させてうわずった声をあげる。逆手に握ったペインティングナイフが僕の鼻先で震《ふる》え、指の間から滑り落ち、アスファルトにぶつかって甲高《かんだか》く鳴る。

「イタカに逢えたんだから、いいんだってば！　こんなことやめろよ、見てるとこっちが痛いんだよ」

どうして藤咲もイタカも、こんなに軽々しく自分を傷つけられるんだ。僕はつかんだ手首をねじり上げる。それは何人もの命を奪ったはずなのに、今はただ弱々しい女の子の腕。

「わ、わたしは藤咲じゃないぞ」

僕の胸のあたりでイタカがつぶやく。つかんだ手首を高く持ち上げているせいで、イタカの小さな身体はほとんど僕の腕の中にあって、小鳥みたいに震えている。

「おまえの家族を、みんなっ、殺したのは——わたしなのに。どうしておまえは」

「そんなのわかってる。死んでも忘れない。でもっ」

僕のすぐ目の前に、イタカの顔。僕の家族を殺し——それから僕さえも殺そうとした、でもいつも優しかった、少女の顔。また逢えて嬉しいはずなのに、あのとき殺そうとした意思の半分はやっぱり僕自身のもので、だからこうして顔を赤らめるイタカの中に藤咲の面影を見つけると僕はぐちゃぐちゃになって、どうしていいのかわからなくなる。

殺したいほど憎いはずなのに。

「は、離れろッ」

イタカは僕の身体を突き飛ばした。アスファルトの上にくしゃりと落ちていたコートを拾い上げて袖《そで》を通す。

「二度とわたしに触れてみろ、その眼をえぐり出してやる！」

運転席のドアを開くと、イタカは身体を滑り込ませる。その肩から鴉《からす》が飛び立つ。

僕は足下《あしもと》のそれにふと気づく。ペインティングナイフ。拾い上げ、車に駆け寄ったとき、ドアが勢いよく閉じた。

「イタカ、忘れ物――」

僕が手をついたサイドウィンドウの向こうで、イタカは助手席に置いてあったスケッチブックを取り上げると、ページを開いて僕を見上げた。

イタカは手を動かさなかった。ただ、まっさらなページを前にして、僕を――僕の手の中にあるナイフをじっと見つめていただけだった。でも僕には、彼女がスケッチをしているのだとわかった。

だって、藤咲《ふじさき》と同じ、優しい目をしていた。

やがてイタカはスケッチブックを閉じる。僕はそのとき、世界が描き換えられるのを聴く。手に、冷たい感触。見下ろすと、ペインティングナイフが真っ白に変わり、そして細かい光の粒になってばらばらに崩れていくところだった。粒のいくつかは僕の手のひらにしんとしたささやかな痛みを残して溶けていく。

……雪？

エンジン音がした。急加速した車の巻き起こした風で、僕の手のひらの雪が散《ち》り散《ぢ》りになって舞い上がる。空へと——

見上げた空。

吹き上がった雪の粒と、それから舞い落ちてきた雪の粒が混じる。

雪が降っている。いつの間にか、ねずみ色の空が少しずつ剥《は》がれ落ちるようにして。

僕はしばらく呆然《ぼうぜん》と雲を見つめる。

もう護《まも》る者のなくなったこの町を、埋め尽くしていく、雪。

駆動音が遠ざかる。目を戻しても、銀色の車の姿はもうどこにもない。ただ、羽音が僕の頭上を通り過ぎるのが聞こえた。

鴉《からす》の黒い影は小さくなり、やがて雪空に呑《の》み込まれて消えた。

〈了〉

あとがき

「わたしのこと、どう思っているの？」

そう《彼女》に訊かれたのはもう六、七年も前のことで、僕はその頃はまだ商業の場で小説を書いてもおらず、言葉に対して今よりもずっと無頓着な人間でした。こう答えたのを憶えています。

「女陰陽師。銀色のジャガーを乗り回している。大酒を飲んで式神に愚痴る」

おそらく《彼女》の期待していたたぐいの答えではなかったと思います。そもそもネット上の掲示板でのやりとりでしたし、相手がほんとうに女性かどうかも知りませんでした。けれどこの不真面目な受け答えの中で、僕の中に『二重人格の陰陽師』という人物ができあがり、棲みついてしまったのはたしかです。

これほどまでに長期間アイディアをとっておいた話も、これほど何度も最初から書き直した話も、他にありません。普通はその前にあきらめます。してみると、僕にとって《彼女》はかなりとくべつな存在であったのかもしれません。

なんて書いておくと、ひょっとしたらこの本を手にとって読むかもしれない《彼女》が、複雑な思いをすることは間違いありません。我ながら手の込んだ遠回しな嫌がらせです。こちらから直接連絡する手段がないのですからしょうがないですよね。

実在の人物をモデルにして小説を書くということは、実際には非常に骨の折れる作業です。少なくとも僕にとっては。それじゃあこの話のヒロインはどうなのかといいますと、《彼女》をモデルにしたわけではなく、あくまでも最初の着想に使っただけなのです。それでも、謝辞はまずだれよりも《彼女》に捧げたいと思います。あなたがいなければ、この物語は生まれませんでした。本名も知らないFさんに、この場を借りて厚く御礼申し上げます。

二〇〇八年　四月　杉井光

死図眼のイタカ

杉井光

発行　二〇〇八年六月十五日　初版発行
発行人　杉野庸介
発行所　株式会社　一迅社
〒一六〇−〇〇二二
東京都新宿区新宿二−五−十　成信ビル八階
電話　〇三−五三一二−七四三二（編集部）
〇三−五三一二−六一五〇（営業部）
装丁　有限会社　ファーガス
印刷・製本　株式会社　暁印刷

一迅社文庫

 Printed in Japan　ISBN978-4-7580-4000-6 C0193

作品に対するご意見、ご感想をお寄せください。

〒160-0022 東京都新宿区新宿2-5-10 成信ビル8階　株式会社 一迅社 ノベル編集部
杉井光先生 係／椎野唯先生 係

一迅社文庫大賞

作 品 先 行 募 集 の お 知 ら せ

大賞賞金 50万円

創刊にあたり、SF、恋愛コメディ、ミステリ、アドベンチャーなど、
10代～20代の若者に向けた、感性豊かなライトノベル作品を幅広く大募集中です。
これまで温めてきたアイデア、物語をここで試してみませんか？
皆様からの意欲に溢れた原稿をお待ちしております。

応募資格

年齢・プロアマ不問

原稿枚数

４００字詰原稿用紙換算で２５０枚以上、３５０枚以内。

応募に際してのご注意

原稿用紙、テキストデータ、連絡先、あらすじの４点をセットにしてご応募ください。

・原稿用紙はA4サイズ（感熱紙・手書き原稿は不可）。1行20字×20行の縦組みでお願いします。
・テキストデータは、フロッピーディスクまたはCD−R、DVD−Rに焼いたものを原稿と一緒に同封してください。
・氏名（本名）、筆名（ペンネーム）、年齢、職業、住所、連絡先の電話番号、
メールアドレスを書き添えた連絡先の別紙を必ず付けてください。
・応募作品の概要を800文字程度にまとめた「あらすじ」も付けてください。
「あらすじ」とは読者の興味を惹くための予告ではなく、作品全体の仕掛けやネタ割れを含めたものを指します。
"この事件の犯人は同級生のN。被害主の残した手紙はアナグラムで、
4行目を一文字飛ばしで読んでいくと犯人の名前になる仕掛け。最後は探偵の主人公に促され、
Nは市警に自首をする。こうしてB館殺人事件は解決した"
このように作品の要点をまとめてください。

出版

優秀作品は一迅社より刊行します。
その出版権などは一迅社に帰属し、出版に際しては当社規定の印税、
または原稿使用料をお支払いします。

締め切り

一迅社文庫大賞第1回募集締め切り
２００９年 9月３０日（当日消印有効）

原稿送付宛先

〒160-0022 東京都新宿区新宿2-5-10 成信ビル8階
株式会社 一迅社　ノベル編集部『一迅社文庫大賞』係

※ 応募原稿は返却いたしません。必要な原稿データは必ずご自身でバックアップ、コピーを用意しておいていただけるようお願いします。
※ 他社と二重応募は不可とします。　※ 選考に関する問い合わせ・質問には一切応じかねます。
※ 応募の際にいただいた名前や住所などの個人情報は、この募集に関する用途以外では使用いたしません。

本大賞については、詳細など随時小社サイトや文庫新刊にて告知していきます。